edition suhrkamp 2020

Die Akteure in dieser Prosa sind zwei Penner (»Bums«), und der Zufall hat sie irgendwo »auf dem Weg von hier nach da« zusammengeführt. Sie teilen Geburtsdatum und Schuhgröße, werden beide bald sterben und haben viel Zeit: zum Philosophieren oder Schwadronieren, über das Alter und den Sex, Schokoladenriegel und Socken, über Gott oder die Apokalypse – kurzum: über »dies und das«. Die beiden Bums, die manchmal an Becketts Wladimir und Estragon erinnern, ziehen den Leser hinein in paradox-absurde Wortspielereien, in süffisante Blasphemien, in die ironische Umdichtung von Fabeln und Märchen. Nur keine Stille schon vor dem Ende; wer spricht, der lebt noch – so lautet ihre Devise.

Der 1928 in Paris geborene Literaturprofessor und Jazzfan Raymond Federman wohnt in Buffalo/New York. In Deutschland wurde er berühmt mit seinem Buch *Alles oder nichts;* zuletzt erschienen im Suhrkamp Verlag: *Eine Liebesgeschichte oder sowas* (1990); *betrifft: Sarahs Cousin* (1991) sowie seine Poetik-Lektionen *Surfiction: Der Weg der Literatur* (1992).

Raymond Federman
George Chambers
Penner-Rap

Aus dem Amerikanischen
von Peter Torberg

Suhrkamp

Titel der Originalausgabe:
The Twilight of the Bumbs

edition suhrkamp 2020
Erste Auflage 1998

Deutsche Erstausgabe

Satz: Jung Satzcentrum, Lahnau
Druck: Nomos Verlagsgesellschaft, Baden-Baden
Umschlag gestaltet nach einem Konzept
von Willy Fleckhaus: Rolf Staudt
Printed in Germany

1 2 3 4 5 6 – 03 02 01 00 99 98

Penner-Rap

Es war einmal

Es war einmal eine Zeit, und was für eine beschissene Zeit das war, da trafen sich zwei alte Penner (irgendwo auf halbem Wege zwischen hier und nirgendwo) und stellten per Zufall fest, daß sie am selben Tag geboren waren und die gleiche Schuhgröße hatten. Sie beschlossen, Freunde zu werden. Das war ein merkwürdiges Zusammentreffen, eines, das vorherbestimmt schien. Und die ganze Sache wurde noch merkwürdiger, als ihnen aufging, daß sie denselben Schatten hatten, wo doch der eine von ihnen einen Buddhabauch hatte und riesig war und der andere klein und adlernasig.

Die Jahre vergingen, und die Zeit zum Sterben rückte näher, denn wie das Schicksal es wollte, litten sie beide an einer tödlichen Krankheit und hatten noch höchstens sechs Monate zu leben. Das nahmen die beiden Penner hin, doch was sie zutiefst quälte, war die Tatsache, daß sie zusammen nur ein Paar Socken besaßen. Und wie es nun einmal die Freundschaft verlangte, verbrachten die beiden die letzten sechs Monate ihres Lebens mit jeweils nur einer Socke.

Blöde Fragen

Wie sich die Penner kennenlernten? Lieber Leser, du bist von einer nachgerade ermüdenden Neugier. Was zum Teufel kümmert's, wie sich die Penner kennenlernten? Doch wenn du darauf bestehst, werden wir dir sagen, daß es aus Zufall geschah. Wie alles andere auch.

Wie sie heißen? Was kümmert's dich? Was bedeutet es schon, ob sie Sam & Ace heißen oder Um & Laut oder Leerstelle & Leerstelle oder F & C oder Penner Eins & Penner Zwei oder P plus & P minus? Sie sind Penner. Und so sollten sie genannt werden.

Woher sie kommen? Vom nächsten besten Dorf an ihrem Weg. Nein, das stimmt nicht! Vom weit entferntesten.

Wohin sie gehen? Weiß man je wirklich, wohin man geht?

Was sagen sie? Penner Eins kein Wort. Er hört Penner Zwei zu, der sagt, daß alles, was hier auf Erden geschieht, ob gut oder schlecht, dort oben geschrieben steht.

Der Spiegel

Die Alten Kerle ziehen vor einem alten Spiegel, den eine ihrer Frauen hinausgeschmissen hat, Grimassen (Sie müssen wissen, daß diese Typen Frauen, Kinder, Häuser, Hypotheken, Schulden, Karrieren und all das haben, aber zu Tode gelangweilt sind). Sie ahmen die heroischen Büsten von Kriegshelden nach, die kantigen Profile von Siegern, usw. Dann halten sie im selben Augenblick inne, denn es ist ihnen aufgefallen, daß sie des anderen Spiegelbild betrachten. Der Dicke sagt, Siehst du, was ich sehe? Der Dünne erwidert, Siehst du, was ich sehe? (Sie müssen wissen, daß die beiden Typen, mit Ausnahme des gemeinsamen Geburtstages und der Sockengröße, sich sonst in jeglicher Hinsicht, als da wären Ethnizität, Kulturizität Gonadizität, Historizität, Strukturalizität, Theologizität, Etceterazität unterscheiden). Und trotzdem starren sie sich weiter im Spiegel an und schneiden sich gegenseitig Gesichter. Bis der Dicke auf einmal schreit, Verdammt noch mal, du siehst mir immer ähnlicher!

Freundschaft

Die Penner sind nun schon so lange miteinander befreundet, daß sie ganz vergessen haben, wie sie Freunde geworden sind. Doch nun, da sie sich dem Augenblick nähern, an dem sie das Tempus wechseln werden (was unausweichlich ist), denken sie oft über Freundschaft nach, allein oder gemeinsam; manchmal schreiben sie Stellungnahmen oder Gedanken auf, ein andermal Maximen, Sprichwörter, Aphorismen, Sprüche, *pensées* oder philosophische Behauptungen, manchmal gar nur Wörter, Wörter ohne jeden Zusammenhang.

Wir sind hoch erfreut, Ihnen an dieser Stelle ein Dutzend der Reflexionen unserer Penner zum Thema Freundschaft präsentieren zu dürfen:

1. Freunden Sie sich nicht mit einer Person an, die Ihnen nicht ebenbürtig ist.
2. Zu viele Freunde haben heißt keine Freunde haben.
3. Freundschaft zahlt sich nicht aus.
4. Ein Freund muß lernen, die Erfolge und Mißerfolge eines Freundes zu ertragen.
5. Freunde stehlen einem die Zeit.
6. Es ist schändlicher, einem Freund zu mißtrauen, als von einem Freund betrogen zu werden.
7. Frauen gehen vielleicht weiter als die meisten Männer, wenn es um Liebe geht, doch geht es um Freundschaft, sind ihnen die Männer um Längen voraus.
8. Ein Freund ist jemand, mit dem du was ausfressen möchtest.
9. Ein Freund ist dazu da, mißbraucht zu werden.

10. Wenn ein Freund dir ein Kompliment macht, kannst du dir sicher sein, daß es Bockmist ist.
11. Es gibt drei Typen von Freunden: jene, die dich lieben, jene, die sich Sorgen um dich machen, und jene, die dich hassen.
12. Wenn ein Freund nur ein Auge hat und über dem anderen eine Augenklappe trägt, dann schau ihn nur von der Schokoladenseite aus an.

Ein wunderbarer, strahlend sonniger Tag

Ein wunderbarer, strahlend sonniger Tag, Reif in den Zweigen, ein besonderes Leuchten. Die Alten Freunde sitzen in Decken gehüllt auf der Veranda und denken an nichts, nur an das glitzernde Meer, über das sie in dieses ferne Land gekommen sind.

Sie denken nicht an all die schönen Frauen, die sie nicht gevögelt haben, auch nicht an all die Kohle, die sie nicht gemacht, die Würstchen und Sauerkraut, die sie in ihren jungen Jahren nicht gegessen, und auch nicht an die Zigaretten, die sie geraucht haben, oder an jene gefährlichen, aber aufregenden Tage an der Front, als man auf sie schoß.

Nein, nichts von alledem. Woran sie jeder für sich denken, ist, wieviel Zeit und Energie, wieviel Zuneigung und gar wieviel Geld sie hätten sparen und horten können, wenn sie nicht all diese Zeit, Energie, Zuneigung und Geld an den anderen verschwendet hätten.

Aber wäre es dann ein wunderschöner, strahlend sonniger Tag?

Am Flußufer (1)

Eines Tages saßen die beiden Alten Freunde am Flußufer und hingen ihren eigenen Gedanken nach. Freund Eins grübelte gerade über das Wasser nach, das vor seinen Füßen dahinplätscherte.

Plötzlich wandte er sich an Freund Zwei und sagte: Findest du es nicht bemerkenswert, mon ami, daß man an jeder beliebigen Stelle des Flusses einen Eimer hineintauchen und immer dasselbe Wasser schöpfen kann, obwohl doch das Wasser den jeweiligen Umständen nach ganz verschieden zusammengesetzt ist?

Freund Zwei sah seinen Alten Kumpel an und sagte: *Incredible*, aber ich habe gerade genau dasselbe gedacht.

Eine erstaunliche Entdeckung

Als die beiden Penner eines Nachmittags bei strahlend blauem Himmel westwärts gingen, die Sonne stand gerade bei zwei Uhr, bemerkten sie, daß sie nur einen einzigen Schatten hatten.

Wie merkwürdig! Der Schatten, den sie da mit einer gewissen Verachtung warfen, war der eines einzelnen Mannes, obwohl sie doch zu zweit waren.

Einer der Freunde (wer von beiden, tut nichts zur Sache) sagte zum andern: Verzeih meinen Wagemut, eine derart anmaßende Bemerkung zu machen, aber ich glaube, wir teilen uns einen Schatten.

Heißt das, ich bin du? fragte der andere, denn er war an der Reihe zu antworten.

Der erste, der gesprochen hatte, antwortete nicht sogleich, sondern dachte bei sich: Das kommt auf deinen Geburtstag, deine Schuhgröße und deine Bereitschaft zu teilen an.

Engel

Eines schneereichen Tags gingen die Penner mit ihren Freunden auf Hasenjagd. Der frischgefallene Schnee auf dem bereits gefrorenen, verschneiten Boden sorgte für die rechten Bodenverhältnisse, die kleinen Hoppler verfolgen zu können, und Wild gibt ein leckeres Winterragout.

Die Penner hatten zwar in ihrem Alter eigentlich schon genug Gewalt miterlebt, waren aber gern in Gesellschaft. Also gingen sie mit, trotteten der Jagdgesellschaft aber bald derart weit hinterher, daß sie die eifrigen Jäger aus den Augen verloren; der einzige Hinweis auf sie waren die Fährten, denen die Penner folgten, Spuren, die vom Neuschnee schnell verweht wurden.

Ab und zu konnten sie in der Ferne die Gewehre krachen hören, doch diese Schüsse wurden durch die Entfernung und den Schneefall gedämpft. Die beiden Alten Männer zockelten, in Gedanken versunken, schweigend hinterher, nur gestört vom Lärm der Gewehre.

Penner Eins fragte den anderen: Glaubst du, wir sind in Gefahr? Vielleicht läuft die Jagdgesellschaft im Kreis hinter uns her und hält uns bei diesen schlechten Sichtverhältnissen für Hasen?

Der andere dachte darüber nach und antwortete darauf, indem er einen Handschuh auszog und mit den Fingern die Umrisse eines Hasen in die Luft zeichnete, so wie man in der Kindheit Schattenfiguren an die Wand warf.

Dann stapften sie weiter, der Schnee fiel nun stark, bedächtig und ernstzunehmend, und der Wind trieb ihn zu Wehen zusammen. Plötzlich hörten sie einen Knall, für ihren Geschmack etwas zu nah, und einer der beiden Penner stürzte in den Schnee – *Ich bin to-hoot*, rief er.

Rücklings lag der Gefällte wie tot da, breitete die Arme seitlich in den Schnee aus und fing an, sie auf und ab zu bewegen. Mit den Beinen tat er das gleiche.

Stirbst du jetzt? fragte der andere und kniete sich neben ihn. Noch nicht, lautete die Antwort.

Und was machst du dann?

Ich male einen Engel.

Na los, du auch.

[Wir möchten uns an dieser Stelle dafür entschuldigen, daß wir Schmetterlinge statt Engel genommen haben, doch zum Zeitpunkt der Niederschrift waren Engel gerade nicht zu haben.]

Der andere Penner tat es ihm nach. Er ließ sich auf den Rükken fallen und begann, mit steifen Armen und Beinen den Schnee zu schieben, um in der dichten Schneedecke einen tiefen, gut erkennbaren Abdruck zu hinterlassen.

Auf diesen Anblick stieß kurz darauf die Jagdgesellschaft, der das Blut der erlegten Beute aus den geräumigen Taschen ihrer Jägerjacken tropfte.

Als sie an jenem Abend rund um das frisch entzündete Kaminfeuer in der Jagdhütte saßen, was gab es da für ein hervorragendes Hasenragout, was für tolle Geschichten hatten sie von den mutigen Jägern, dem nicht erlegten und dem aufgescheuchten Wild und von den beiden alten Kerlen zu erzählen, die im Schnee lagen und Engel malten.

Die beiden Engel ... nein, die beiden Penner – wo haben wir nur unseren Kopf – saßen, wie es ihrem gesellschaftlichen Rang entsprach, nebeneinander am oberen Ende des Tisches und erhoben, wie es ihr Vorrecht war, als erste ihre Gläser zum Trinkspruch: *Möge uns dieser Tag für immer an all das erinnern, was dahingeht. Möge er uns so lange wie nötig an Engel und an Hasen erinnern.*

Am Flußufer (2)

Eines Tages saßen die beiden Alten Freunde am Flußufer, blickten in die trüben Fluten und hingen ihren eigenen Gedanken nach. Freund Eins grübelte gerade über das Wasser nach, das so spielerisch vor seinen Füßen dahinplätscherte.

Suddenly wandte er sich an Freund Zwei und sagte: Findest du es nicht bemerkenswert, daß man an jeder beliebigen Stelle des Flusses einen Eimer hineintauchen und immer dasselbe Wasser schöpfen kann, obwohl doch das Wasser den jeweiligen Umständen nach ganz verschieden zusammengesetzt ist?

Zwei starrte seinen *buddy* an, musterte ihn eingehend von oben bis unten, so wie ein Schneider für einen Anzug Maß nimmt, und *suddenly*, ohne jede Vorwarnung, schubste er Eins, angezogen und beschuht, wie er war, in den Fluß und begann unverständliche Sprüche eines marxistischen Philosophen zu brüllen. Woraufhin Zwei *suddenly* nach Eins' Knöcheln griff, ihn in die Brühe zog und antisemitische Flüche ausstieß, die er, Teil seines kulturellen Erbes, in der Schule gelernt hatte.

Ein weiteres Dutzend Reflexionen unserer Penner über Freundschaft

1. Freundschaft kennt kein Geschlecht.
2. Man kann es zusammen mit einem Freund treiben, aber nicht miteinander.
3. Man kann es nicht mit einem Freund treiben, aber Schabernack schon.
4. Ehen werden auf Grundlage von Gemeinsamkeiten geschlossen, Freundschaften auf Grundlage von Unterschieden.
5. Die Liebe stirbt; Freundschaften beginnen.
6. On sait jamais, wie die Franzosen sagen, aber zwei schon.
7. Freunde tanzen nicht Tango miteinander.
8. Abwesenheit, die Mutter der meisten Erfindungen, erhält auch die Freundschaft.
9. Dreizehn? Die Glückszahl der Freundschaft.
10. Ein Freund wird dir den Gnadenschuß geben.
11. Ein Freund wird dich daran erinnern, daß du das *gestern schon* gesagt hast.
12. Freunde warten nicht.

Der Skorpion und das Krokodil

Im tiefsten Dschungel Afrikas wollte ein Skorpion einen Fluß überqueren. Er bat ein großes Krokodil darum, ihn doch auf dessen Rücken hinüberzutragen. Das Krokodil sagte zu dem Skorpion, Woher soll ich wissen, daß du mich nicht zu Tode stichst, wenn ich dich auf meinem Rücken mit hinübernehme? Das tue ich bestimmt nicht, sagte der Skorpion, denn sonst würden wir ja beide untergehen und ertrinken. Das Krokodil fand das sehr logisch und sagte zu dem Skorpion, er solle auf seinen Rücken steigen. Und während das Krokodil den Fluß durchschwamm, den Skorpion hukkepack, stach ihn dieser. Als das Krokodil unterging, fragte es den Skorpion, Warum hast du das getan? Jetzt werden wir beide ertrinken und sterben. Ich konnte nicht anders, entgegnete der Skorpion, es liegt in meiner Natur zu stechen, und außerdem sind wir hier im Nahen Osten, und das Leben zählt nicht viel.

Die Penner erzählten einander oft Geschichten voller Symbolgehalt. Die obige erzählte Penner Eins Penner Zwei, um Freundschaft und friedliche Koexistenz zu illustrieren.

Ein alter Freund

Das hohe Alter saß schon eine ganze Weile neben den Pennern, bevor sie es bemerkten.

Na, ihr Penner, fragte das Alter, wer von euch beiden macht sich als erster auf den Weg?

Die Penner unterhalten sich

P1: Ich mißtraue Menschen, die behaupten, sie hätten ein gutes Gedächtnis.
P2: Hab' ich das behauptet?
P1: Nein, hast du nicht, das meine ich nur so allgemein.
P2: Mir wäre es lieber, du würdest dich etwas weniger allgemein ausdrücken.
P1: Schon gut, aber ich mißtraue eben Leuten, die...
P2: Ich hab' dich schon beim ersten Mal verstanden!
P1: Schon gut, schon gut! Du brauchst dich gar nicht so aufzuspielen.
P2: Und warum, wenn ich fragen darf, mon cher ami, mißtraust du jenen, die...
P1: Ist doch offensichtlich. Jemand mit gutem Gedächtnis erinnert sich an gar nichts, weil er nie was vergißt.
P2: So habe ich das noch gar nicht betrachtet.
P1: Verstehst du, was ich meine? Deshalb denke und erinnere ich mich für uns beide zusammen.
P2: Na, so weit würde ich nicht gehen.
P1: Ich gehe so weit, wie ich will, und wenn es Monsieur nicht gefällt, kann er's ja lassen.
P2: Wer wird denn da gleich sauer werden?
P1: Jetzt hab' ich vergessen, was ich sagen wollte.
P2: Du wolltest sagen, daß Menschen mit einem guten Gedächtnis nichts...
P1: Ach ja. Also...
P2: Aber nehmen wir mal an, daß der Typ, der so ein phänomenales Gedächtnis hat, auf einmal plötzlich was vergißt, vielleicht auch alles, was er weiß.

P1: Das ist unmöglich, weil sein phänomenales Gedächtnis es ihm nicht erlaubt, etwas zu vergessen. Das ist doch genau der Punkt.

P2: Das ist doch Bockmist. Es gibt doch so viele Möglichkeiten, wie jemand was vergessen kann. Nehmen wir mal an, er kriegt von einem Straßenräuber eins übergezogen, oder er hat einen Autounfall und knallt mit dem Kopf gegen das Armaturenbrett, oder er fällt von einem Baum und schlägt mit dem Kopf auf einen Felsen, oder seine Frau zieht ihm einen Topf über die Rübe, weil sie herausgefunden hat, daß er rumgemacht hat, was weiß ich, es gibt doch so viele Möglichkeiten, wie man einen Schlag auf den Kopf bekommen kann.

P1: Trotzdem, es ist unmöglich...

P2: Nehmen wir mal an, er leidet unter völligem Gedächtnisverlust?

P1: Warum mußt du mir eigentlich immer widersprechen?

P2: Weil ich klüger bin als du.

P1: Ach, geh doch zum Teufel!

Der Golfschläger

Die beiden Alten Freunde haben alles verloren, außer einem Golfschläger, einem Wedge zum Pitchen, den sie beide bei den Annäherungsschlägen ans Green verwenden; alles andere ist dahin, Häuser, Frauen, Kinder, Besitztümer, Golfschuhe, Golftasche, futsch, und da sie nur einen Ball haben, wechseln sie sich bei den Schlägen ab. Ein Ball, ein Schläger, zwei Männer.

Die beiden Alten Typen wissen, daß der jeweils andere von allen Schlägen im Spiel den Annäherungsschlag am liebsten mag; und nun stehen sie da und starren auf den kleinen Ball, der da hübsch und weiß, mit Ausnahme des breiten roten Streifens, der, na, Sie wissen schon, was, bedeutet, auf einem kleinen Büschel kräftiger Grashalme ruht, palmerisiertes Kentucky-Mix-Fairway-Gras.

Einer der beiden reicht dem anderen den Schläger und sagt, Na los, du bist beim Pitchen besser als ich, doch sein Freund schüttelt den Kopf und sagt, Nein, du bist besser, also schlag, und Freund Eins nimmt das Eisen und stellt sich hinter den Ball, wird aber plötzlich nervös. Er, der doch als einer der besten Pitcher in der Gegend bekannt ist, er ist angespannt, weil er den Schlag nicht versauen und seinen Freund nicht enttäuschen will. Also konzentriert er sich auf den Ball, holt vorsichtig und bedächtig aus, zuckt aber beim Ausholen, und der Ball hoppelt nach rechts in den kleinen Teich neben dem Green, plumps, und ist für immer verschwunden.

Wüstensturm

Den beiden Alten Typen ist sterbenslangweilig. Laß uns doch in den Bergen leben! Also mieten sie sich Hütten in einer Armensiedlung hoch über der Stadt, nicht weit von jenem großen, langgestreckten Bauwerk xtianischen Imperialismus', das die Landschaft beherrscht. Zwischen beidem ein Brunnen. Eines Tages entdecken sie beide gleichzeitig eine junge Frau am Brunnen und eilen mit ihren Eimern dorthin. Aus der Vergangenheit ist aktenkundig, daß beide gegen alles xtianische sind, sie kennen den Feind besser als er sich selbst, und sie kennen auch die Parabel von der Frau am Brunnen recht genau. Dennoch eilen beide mit ihren Eimern den Hügel hinab. Als sie beinahe am Brunnen angekommen sind, dreht sich die Frau um und sagt zu den beiden schnaufenden, verschwitzten Alten Typen: Immer langsam, nicht so eilig, sonst holt ihr euch noch einen Herzinfarkt, und außerdem, wenn ein Eimer herabsinkt, um gefüllt zu werden, kommt der andere hinauf, um geleert zu werden, wie das Sprichwort so schön sagt. Dann hebt sie sich ihren Eimer auf den Kopf und verläßt die beiden Alten Typen, und ihre Hüften schwingen gen Horizont davon.

Wolkenbruch

Ein plötzlicher unerwarteter Wolkenbruch hat die Bewohner dieses Teils des Stadtparks unter das Schutzdach getrieben, ein Dach, das über ein paar Picknicktische gespannt ist. Die Wassermassen erfreuen alle, gleich wie alt oder aus welcher gesellschaftlichen Schicht, ein wahres Mischmasch. Darunter auch unsere zwei Freunde, die im Park waren und Frisbee gespielt haben (Unterbeschäftigung gehört zu einem der Hauptmerkmale im Leben eines älteren Menschen).

Eine ganze Stadt also, die sich bei dem furchtbaren Regenguß zusammendrängt, einem Schauer, den Gott selbst entsandt hat und der daher nur kurz anhalten wird, wie alle wissen.

Der Regen ist so stark, so wild, von derart übermenschlicher Majestät (der Vorstellung von Gott nicht unähnlich, die so viele von uns hegen), daß selbst die am meisten von Kummer und Sorgen geplagten Mitglieder dieser spontanen Gruppe sich frei und unbeschwert, ja erheitert fühlen.

Einer der Penner spielt mit einer Horde nasser Kinder. Er hat sich auf die Knöchel beider Hände Gesichter gemalt und inszeniert mit ihnen ein Mantel-und-Degen-Drama, an dem die Kinder einen Riesenspaß haben und bei dem sie vor Freude kreischten, während sie zuschauen, wie die Knöchelgesichter, das eine Gesicht das eines Bösewichts, das andere das eines Helden, auf und ab hüpfen und sich in einem tödlichen Duell miteinander verhakeln.

Zu diesem Vergnügen kommt noch die Geschichte, die der Penner auf französisch erzählt, im reinen Französisch der Comédie Française, mit genau der richtigen Intonierung aus Redegewandtheit und Pompositát. In seiner Baritonstimme deklamiert der Erzähler: *Attention, attention, les enfants, regardez bien, le gentil Petit Poucet va maintenant faire disparaître le méchant Diable.* Und plötzlich faltet der Penner seine Finger zusammen und läßt das Gesicht des Schurken verschwinden. *Et voilà, muscade, disparu,* erklärt der Penner. Dann klettert seine Stimme in den Sopran hinauf, während Petit Poucet stolz vor den Kindern tanzt, und rezitiert jene berühmten Zeilen, die Rodrigue in Corneilles LE CID spricht: *Je suis jeune, il est vrai, mais aux âmes bien nées, la valeur n'attend pas le nombre des années.*

Keiner scheint die Sprache zu verstehen, aber das macht nichts. Und während immer mehr Bewohner der plötzlichen Stadt sich auf die Knöchel des Penners konzentrieren, auf denen das Gesicht des Schurken zum zweiten Akt der Tragödie wieder erschienen ist, scheint diese Tatsache das Vergnügen daran eher noch zu steigern. (Es kennt ja auch keiner Gott allzu genau, was aber alle Beteiligten für vollkommen in Ordnung halten.)

Der andere Penner (also logischerweise derjenige, der nicht schauspielert) hat sich selbst unter das Publikum gemischt und spürt einen leisen Anflug von Neid, daß es nicht seine Finger sind, die die ganze Stadt unter dem großen flachen Regenschutz unterhalten.

Jetzt kämpfen die Knöchel wieder miteinander, die Handlung nähert sich ihrem Höhepunkt, die Kinder kreischen, einige ahmen die wunderbare französische Sprache nach, und dann gibt es noch einen weiteren Guß aus dem großen Wasserfaß im Himmel, und ebenso plötzlich steht die heiße Sonne wieder dort oben, und die ganze spontane Versammlung löst sich wieder auf, als hätte sie Flügel bekommen, und sie fliegt, fliegt auf und davon, die Geschichte bleibt ohne Ende, so wie Gott manchmal die Dinge beläßt...

Dunkle Schatten

Es gibt eigentlich keinen Grund, warum man die Nachricht vom Ende des Körpers nicht einfach hinnehmen sollte, doch die beiden Penner trifft die Nachricht hart, vor allem weil sie gerade erst ihr neues Leben in der Wüste begonnen haben.

Die dunkelhaarige, gutaussehende Ärztin in dem weißen Kittel klemmte die Röntgenbilder an die Leuchttafel und zog mit einer Geste, die die beiden Penner mit tiefem Entsetzen bemerkten, ihren weißen Kittel aus (wenn auch dieses Entsetzen durch diese Enthüllung ihres Körpers, ihrer vollen Brüste in einem weichen, halb durchsichtigen Büstenhalter und ihrer unglaublichen Hüften leicht gemildert wurde).

Jedenfalls bekamen die beiden Penner die üblichen letzten sechs Monate gewährt. Sie sahen erst sich und dann die Ärztin an. Sie hegten beide denselben Gedanken: Zwei Männer und eine Frau. Den Dreiecksgedanken. Ach zum Teufel! Sechs Monate sind ein ganzes Leben, wenn man weiß, wie man sich unerwartet bietende Gelegenheiten nutzt.

Und noch ein Dutzend Reflexionen unserer Penner über Freundschaft

1. Ein Freund wird dir niemals sagen, daß dein Hosenschlitz offensteht.
2. Alles, was sich teilen läßt, ist der Feind der Freundschaft.
3. Wenn dir ein Freund sagt, was du eigentlich nicht hören willst, dann gib ihm nicht die Schuld dafür, sondern bitte ihn oder sie einfach nur, den Mund zu halten.
4. Freundschaft ist keine Kategorie.
5. Wenn du deinen Freund reinlegst, dann war's das mit der Freundschaft.
6. Freund? Freundin? Unwichtig.
7. Wein aus einem zerbrochenen und wieder geklebten Krug schmeckt immer besser. Bei Freundschaften ist es nicht anders.
8. Ein Freund läßt dich seinen oder ihren Glückskeks aufbrechen.
9. Freunde sind Verrückte.
10. Eines der guten Dinge an Freunden ist, sie kommen, wenn man sie ruft. Ein anderes, sie gehen auch wieder.
11. Eine der Freuden der Freundschaft besteht in dem Zustand, diese Person zu vermissen.
12. Die Besonderheiten von Freundschaften aufzulisten gleicht dem Essen gesalzener Erdnüsse.

Das große Duell

Eines Tages kamen die beiden alten unbeschuhten Penner mit der Absicht in die Stadt, ein paar Dollar zu verdienen, sich Schuhe zu kaufen, was zu essen und vielleicht im örtlichen Bordell einen Zwei-zum-Preis-von-einem-Fick hinzulegen, wenn es denn eins gab. Es war kalt und hatte geschneit, aber zum Glück besaßen die beiden lange Mäntel, die noch ganz gut waren. So trennten sie sich am Ortseingang, der eine wandte sich nordwärts, der andere nach Süden. In der Bar im Norden knallte der alte Penner Eins mit der Faust auf den Tisch und meinte, er sei in die Stadt gekommen, um seinen Feind Schlag Mittag auf der Hauptstraße zu erledigen. In der Bar im Süden stieß der alte Penner Zwei dieselben Drohungen aus und sah an sich herab, wie um anzudeuten, daß er eine Waffe bei sich trüge. Wie man sich vorstellen kann, verbreitete sich diese Neuigkeit mit Windeseile in der Stadt. Wann hatte die Stadt zum letzten Mal ein Duell erlebt, falls überhaupt? Und als es langsam Mittag wurde, versammelte sich die gesamte Bevölkerung der Stadt auf der Hauptstraße. Alle waren gekommen, die Alten, die Jungen, die Behinderten, die Reichen, die Armen, die Arbeitslosen, die Bosse, und auch die Lokalpolitiker, ja selbst die Schwarzen aus dem Ghetto.

Als Mittag vorbei war und die beiden alten unbeschuhten Penner immer noch nicht zum großen Duell erschienen waren, wurden die Leute unruhig. Man konnte die Menschenmenge grummeln hören. Der Sheriff schickte einen seiner Deputies los, um herauszufinden, wo die beiden Penner waren, genau so nannte er sie, *Penner*! Bald schon kehrte der Deputy zurück. Entsetzen spiegelte sich in seinem Gesicht.

Er hatte die beiden unbeschuhten Penner im örtlichen Bordell entdeckt, als sie gerade dasselbe Mädchen zur selben Zeit bumsten, einer von vorn, der andere von hinten, ja, genau das berichtete der Deputy, der eine vorn rein, der andere hinten, beide zugleich. Wie ein Sandwich. Dann fügte der Deputy hinzu, so wie die beiden Penner aussähen, würde es wohl heute kein großes Duell geben, und wahrscheinlich auch die ganze Woche nicht.

Die Zähigkeit einer Frau

An jenem trüben Tag gab es auf der ganzen Welt nur eine einzige Frau mit genug innerer Zähigkeit, die männliche Macht in eine Form zu bringen, die ihrem Ziel genügte, den Fortbestand der Art zu sichern.

An jenem Tag gab es außerdem nur zwei namenlose Penner, zwei nichtsnutzige tagedieberische Schmierenschreiber, wertlose Säufer, die an ihren Kreuzen hingen.

Und es geschah an jenem trüben Tag, daß die zähe Frau ihren Eselskarren nach Golgatha lenkte, den Schädelberg hinauf, der mit Olivenbäumen bestanden war, um die Männer zu betrachten, die dort in der Mittagssonne darbten.

Penner Eins entdeckte von seiner Warte aus die Staubwolke, die sich über dem Weg erhob, und sagte: Da kommt jemand. Penner Zwei hob den Kopf und konnte in der Staubwolke die Umrisse eines Eselskarrens erkennen. Das ist ja wohl noch ein wenig zu früh, bemerkte er, denn er glaubte, daß es sich um den Karren des Gebeinehauses handelte, der ihre Leichname holen wollte.

Die Geschichte hat nicht überliefert, was an jenem Tag auf Golgatha geschah, als die zähe Frau das Kreuz hinaufkletterte, doch vielleicht findet sich ja ein Hinweis in den Worten, die der Heilige Augustinus in seinen Confessiones niederschrieb:

Verzweifle nicht, denn einer der Diebe wurde erlöst.
Frohlocke nicht, denn einer der Diebe war gearscht.

Die Prinzessin und der Frosch

Es war einmal, und was für eine furchterregende Zeit war das, da verliefen sich die beiden Freunde im Wald und waren kurz vorm Verhungern, als eine verwunschene Prinzessin aus einem Teich sprang und sich den beiden Männern anbot, die damals noch recht jung waren, kaum dem Knabenalter entwachsen. In ihrer Not fanden sie keine andere Lösung und aßen die Prinzessin auf, wie von ihnen verlangt wurde, und sie konnten ihren Hunger soweit stillen, um ihren Weg aus dem Wald heraus zu einer menschlichen Behausung zu finden. Viele Jahre vergingen, und die beiden vergaßen die Prinzessin, die ihnen das Leben gerettet hatte, bis sie, nun alt geworden, eines Tages in einem Teich angelten, als ein Frosch aus dem Wasser sprang. He, was für ein dicker fetter Frosch, rief einer der beiden Freunde. Wie wär's mit Froschschenkeln zum Essen, sagte der andere. Also fingen sie den Frosch, töteten ihn, brieten die Froschschenkel auf ihrem Campingkocher und erfreuten sich bald an dem saftigen Fleisch, ohne zu ahnen, daß ein Kuß von ihnen den Frosch in eine wunderschöne Märchenprinzessin verwandelt hätte.

Ein altes polnisches Sprichwort

Die beiden Alten Freunde sind der lebende Beweis für das alte polnische Sprichwort, daß ein guter Freund sich an dir die Schuhe abputzt.

Einmal jubelte der irische Kathole dem Franzmann 'ne scharfe Puppe unter und quatschte ihm was von 'ner tollen Nacht vor; dabei war ihr Schlitz in Wirklichkeit wie aus Zement.

Ein anderes Mal erzählte der Franzmann dem Katholen, daß er diese tolle, geile Jungfrau kennengelernt habe, die darum gebeten hatte, auf der Stelle entjungfert zu werden, und nun ihn, den Katholen, darum bat, es zu tun, doch als der erwartungsvolle Schwanz des Katholen sich dem süßen Schlitz der Jungfrau näherte, stellte er fest, daß es sich nicht um einen unerforschten Pfad in jungfräulichem Dschungel handelte, wie der Franzmann behauptet hatte, sondern um einen ziemlich ausgefahrenen Superhighway, auf dem schon viele gute Schwänze einen Unfall gebaut hatten.

Ein bescheidener Wunsch

Mal so auf lange Sicht betrachtet, welchen Wunsch hättest du an eine Frau? fragte er seinen Freund.

Und der Freund erwiderte, so wie es im Augenblick mit diesen weinenden Knochen und stöhnenden Muskeln steht, wäre es mir am liebsten, eine Frau würde sich vor mir hinknien und mir die Schuhe zubinden.

Ansichten

Um: Es wäre mir lieb, wenn meine Gattin mir das Essen servieren würde.

Laut: Es wäre mir lieb, wenn meine Gattin mir Nudeln kochen würde.

Um: Es wäre mir lieb, wenn meine Gattin mit mir fernsehen würde.

Laut: Es wäre mir lieb, wenn meine Gattin mit mir spielen würde.

Um: Es wäre mir lieb, wenn meine Gattin meinetwegen zu Hause bliebe.

Laut: Es wäre mir lieb, wenn meine Gattin meine Privatpost in Ruhe ließe.

Um: Es wäre mir lieb, wenn meine Gattin mal darauf hören würde, was ich sage.

Laut: Es wäre mir lieb, wenn meine Gattin meine Lyrik verstehen würde.

Um: Es wäre mir lieb, wenn meine Gattin die Verschlüsse wieder auf die Flaschen drehen würde.

Laut: Es wäre mir lieb, wenn meine Gattin nicht andauernd Puder nehmen würde.

Um: Es wäre mir lieb, wenn meine Gattin in einem anderen Bett schlafen würde.

Laut: Es wäre mir lieb, wenn meine Gattin nachts nicht so schnarchen würde.

Um: Es wäre mir lieb, wenn meine Gattin endlich mal erwachsen werden würde.

Laut: Es wäre mir lieb, wenn meine Frau endlich aufhören würde, ihre Senilitäten zu pflegen.

Eine delikate Situation

Unsere Situation ist wirklich delikat, meinte Penner Zwei zu Penner Eins, als sie sich eines Morgens auf den Weg zu ihren täglichen Beschäftigungen machten. Ich meine, all die zarten Augenblicke, die ungeheuren Augenblicke, die wir aus Angst versäumen, wieder in alte Fehler zurückzufallen, aus Angst, nicht rechtzeitig fertig zu werden, aus Angst, ein letztes Mal in einem Ausbruch an Elend, Impotenz und Senilität zu schwelgen.

Worauf Penner Eins in aller Ruhe erwiderte: Mach dir keine Sorgen. Es gibt vielerlei Möglichkeiten, durch die Penner wie unsereins ihre Trägheit abschütteln können.

Sterntaler

Um & Laut fliegen von hier nach da. Mit der U. S. Air. Der Flug dauert lange, aber es läßt sich nicht ausmachen, wohin sie fliegen, weil nicht einmal die Penner selbst wissen, warum sie in dem Flieger sitzen. Es ist ihnen langweilig. Den blöden Film, der gezeigt wird (*Kevin allein Zuhaus*), haben sie schon gesehen, die Magazine haben sie alle gelesen, nach einem Flirt mit den Stewardessen ist ihnen auch nicht zumute. Früher waren Stewardessen sexy und freundlich, aber heutzutage scheinen sie ihre Blütezeit alle hinter sich zu haben und sich nicht für die Bedürfnisse ihrer Passagiere zu interessieren. Wie gesagt, Um & Laut ist langweilig. Schlafen kommt ebenfalls nicht in Frage, sie haben schon ein paar Stunden geschlafen (alte Männer schlafen nie mehr als ein paar Stunden).

Laß uns doch ein Spiel spielen, meint Um.

Was für ein Spiel? fragt Laut.

Mal sehen, wie weit wir zählen können, schlägt Um vor.

He, keine schlechte Idee, pflichtet Laut ihm bei, aber wir machen es anders. Wir wechseln uns beim Zählen ab und verdoppeln die Zahl jedes Mal.

Was meinst du damit?

Na, du sagst 1, ich sag' 2, dann sagst du 4, und ich sag' 8, du sagst 16, und so weiter.

Okay. Fang an.

U: 1
L: 2
U: 4
L: 8
U: 16
L: 32
U: 64
L: 128
U: 256
L: 512
U: 1024
L: 2048
U: 4096
L: 8192
U: Bist du sicher, daß es 8192 sind?
L: Aber ja. Mein lieber Um, du weißt, ich irre mich nie bei Zahlen. Mach weiter. Das macht Spaß.
U: 16 384
L: 32 798. Nein. Ich glaub', das war falsch. 32 768. Ja genau, 32 768.
U: 65 536
L: 131 072
U: 262 144
L: 524 288
U: 1 048 576. Stark. Ich hab' noch nie soviel Spaß beim Fliegen gehabt. Nicht aufhören. Mach weiter.
L: Mach' ich doch, verdammt. 2 097 152
U: 4 194 304
L: 8 388 608
U: 16 777 216
L: 33 554 432
U: 67 108 864
L:
U: Na, worauf wartest du?

L: Ich muß mich einen Augenblick ausruhen. Ich bin ganz außer Atem.

U: Das ist dein Problem. Du bist nicht in Form. Du hältst dich nicht fit. Ich sag' dir andauernd, du mußt trainieren, sonst wirst du noch ein hinfälliger alter Furz.

L: Schon gut, schon gut. Es geht wieder. Was war das letzte?

U: Siebenundsechzig Millionen einhundertachttausend achthundert und vierundsechzig.

L:

U: Mach hin!

L: Drängel nicht so. 134 217 728

U: 268 435 456

L: 536 870 912

U: Moment mal, du bist mir zu schnell.

L: Aha, wer ist denn hier nicht in Form?

U: Das hat damit gar nichts zu tun. Ich will nur sicher sein, daß ich keinen Fehler mache. Ich meine, wenn wir schon ein Spiel spielen, dann auch richtig.

L: Also spiel endlich, und hör auf zu quatschen.

U: Schon gut. Wo waren wir stehengeblieben?

L: Scheiße! Ich hab's vergessen.

U: Kein Problem. Reg dich nicht auf. Wir haben alle Zeit der Welt. Fangen wir eben nochmal von vorn an. Aber diesmal ziehen wir's auch durch.

L: Na gut. Ich fang an. 1

U: 2

L: 4

U: 8

L: 16

U: 32

L: 64

U: 128

L:

U: Na, schon außer Atem?

L: Nein, nein. Mir ist grad was eingefallen. Was einfach Unglaubliches.

U: Mitten im Spiel! Also, was für ein unglaublicher Gedanke ist es denn?

L: Stell dir mal vor, wie reich wir in einem Monat sein könnten, in einem einzigen Monat, lausigen dreißig Tagen, wenn wir am ersten Tag einen Penny gespart und dann den Betrag jeden Tag verdoppelt hätten.

U: Und, wie reich wären wir dann?

L: Multimultimillionäre, du Blödmann. Hast du denn nicht gemerkt, wie die Zahlen explodieren?

U: He, du hast recht. Wie hätten Millionen und Abermillionen von Pennies. Wie viele Dollar sind denn 3 435 977 632 Pennies?

L: Ganz einfach. Vierunddreißig Millionen dreihundertneunundfünfzigtausend siebenhundert und sechsundsiebzig Dollar und zweiunddreißig Cents.

U: Wow!

L: Ist das nicht unglaublich?

U: He, Laut, ich hab' 'ne Idee. Warum fangen wir nicht sofort mit dem Sparen an? Ich geb' dir heute einen Penny, morgen gibst du mir zwei, übermorgen gebe ich dir vier, und am Monatsende sind wir Multimul...

Ladies and gentlemen, the captain has turned on the safety belt sign in preparation for our landing...

Eine Soziologie der Ehefrau

Eine Ehefrau ist die Frau, mit der du lebst und die weder deine Mutter noch deine Geliebte ist. Sie ist diejenige, die dich jeden Tag am Krankenlager besucht, und wenn du klagst, daß du nicht dort sein magst, antwortet, sie auch nicht. Mit der Geliebten und der Mutter kann man nicht leben, sie nur besuchen. Aber die Ehefrau ist die Frau, mit der du lebst und die mit dir lebt, nicht mit ihrem Vater oder ihrem jungen Liebhaber mit dem dichten Haar und dem flotten Schnurrbart. Sie ist diejenige, die dir saubere Socken bringt und frische Unterwäsche, die deine Scheckbucheintragung kontrolliert und erst vor ein paar Wochen die Pläne ausgearbeitet hat, was sie mit deiner Leiche macht. Und wenn sie sich verabschiedet, beugt sie sich über dich, und du schaust auf, um ihren Kuß entgegenzunehmen, in dem Wissen, daß ihr liebes Gesicht das erste sein wird, das du morgen früh zu Gesicht bekommen wirst, wenn du den Tag noch erlebst, und wenn nicht, dann auch.

Obiges Material hat Penner Eins gerade Penner Zwei vorgelesen und möchte nun seine Meinung dazu hören. Zwei nickt und bekräftigt so die Ernsthaftigkeit und Einsicht der Bemerkungen. Erstaunlich, meint er und schnippt mit dem Fingernagel nach dem Blatt Papier, aber laß es ja nicht *Sophie* sehen.

Der Alterungsprozeß

Mit zunehmendem Alter wird man gemeinhin nicht reicher oder weiser oder gutmütiger usw., im Gegenteil. Es scheint nur mehr von dem zu geben, was man ist. Damit meinen wir dieses Charakterdingsbums. Hier sehen Sie zum Beispiel Penner A, der sich als frustriertes Kleinkind einem nichtendenwollenden Wutanfall hingibt, wohingegen sich Penner B zu einem destruktiven Vierzehnjährigen entwickelt. Zu mehr hat es bei den beiden auf dem Gebiet der charakterlichen Entwicklung noch nicht gelangt.

An diesem Tag also brettern die beiden in einem tollen gemieteten Cabrio über den Küstenhighway 101 nördlich von Los Angeles, aus den Lautsprechern dröhnen die Piano-Prelüden von Schostakowitsch, als Penner A auf einmal sagt, Ich muß mal Pippi! Penner B reagiert nicht darauf und düst weiter den Highway entlang. Wenn du nicht sofort anhältst, jammert Penner A, dann mach' ich mir in die Hose. Statt langsamer zu werden, gibt Penner B sogar noch Gas und schreit in den Fahrtwind hinaus, Du bist vielleicht ein Baby, weißt du das? Na gut, ich halte an, wenn ich einen geeigneten Baum sehe, und in der Zwischenzeit schlag die Beine übereinander und halt die Schnauze, damit ich mir die Musik anhören kann.

Im Krankenhaus

Wie es bei Alten Säcken unausweichlich vorkommt, wurde einer der beiden Freunde eines Tages krank. Der andere Freund kam ihn besuchen, als er gerade auf dem Krankenbett lag und döste. Da der Alte Sack Eins zu schlafen schien und Zwei ihn nicht wecken wollte, setzte er sich still auf einen Stuhl neben dem Bett und schlief bald selbst tief ein.

Im Traum erzählte sich Sack Zwei folgendes: Wir haben schon ein paar komische und erstaunliche Dinge durchgemacht, wir zwei. Unwissentlich haben wir unseren Schluck an Freude und bitterem Leid aus dem Becher des Lebens getrunken. Und nun, da der Becher fast leer ist, könnte man meinen, daß alles nur eine Probe war und wir nun erst, gestärkt durch die Weisheit der Erfahrung, vor dem eigentlichen Anfang stehen. Dies ist der eigentliche Anfang, und wenn wir uns die Rückkehr zu alten Illusionen auch nicht wünschen, sind wir doch froh, unser Leben so und nicht anders gelebt zu haben. Ich bin mir sicher, daß es unserem alten Freund bald wieder bessergehen wird, ganz gleich, welche Krankheit ihn befallen hat.

Die Stimme im schlafenden Sack Zwei sprach weiter, Sack Eins wurde wach, und als er seinen Freund schlafend in dem Lehnstuhl sitzen sah und leise schnarchen hörte, das Gesicht zu einer schmerzerfüllten Grimasse verzogen, streckte er die Hand aus, schüttelte ihn und sagte, Warum legst du dich nicht zu mir, du Alter Sack, du siehst nicht gut aus.

Die sexy Krankenschwester

Man muß kein kranker Mann sein, um in seiner Phantasie von der sexy Krankenschwester zu schwärmen. Jeder, der in Schwierigkeiten steckt, stellt sich vor, daß eine Frau, die seiner Mutter oder seiner Geliebten ähnelt, gleich durch die Tür treten wird, unter die Decke kriecht und seine verletzte Mannbarkeit wiederherstellt.

Unsere Freunde bilden da keine Ausnahme.

Eins auf dem Stuhl und Zwei im Bett halten Händchen, dösen und träumen von ihr, ganz in unschuldigem Weiß. Und als sie dann erscheint, die personifizierte sexy Krankenschwester, wie eine Kellnerin ein Tablett voller kleiner Papierbecher mit Pillen in den Händen, am Bett stehenbleibt und ihre Pillenbecher noch einmal kontrolliert, der frische weiße Kittel so süß und sauber duftend, ach ja, da ist's Frühling. Ein Fenster springt auf, und ihr Kittel umspannt und formt ihre nackte Weiblichkeit, und so weiter und so fort, und die beiden alten Kerle erwachen und Tränen kullern ihnen über die runzligen, männlichen Wangen.

Bocaccio

Die Alten Penner teilen sich einen Schatten, wie Sie wissen. Und wenn die Sonne scheint, wechseln sie sich ab – wozu sonst sind Freunde da? Diese Tatsache scheint nicht allzuviel mit dem großen, spaghettifressenden Geschichtenerzähler zu tun zu haben, aber warten Sie mal ab.

Der Alte Penner zu Ihrer Linken erzählt dem Alten Penner zu Ihrer Rechten eine Geschichte, die der Penner rechts mit zunehmender Ablehnung, wenn nicht gar völligem Unglauben aufnimmt.

Ohne Scheiß, mon cher, erzählt Leftie weiter, die Typen haben die Frauen getauscht, die haben gar keinen Unterschied bemerkt.

Das kann ich kaum glauben, erwidert Rightie, ich glaube, du willst nur darauf anspielen, daß wir die Frauen tauschen sollten, das ist ja wohl der Kern der Geschichte.

Alors, ça non, entgegnet Leftie, ich schwöre bei den Ufern der Seine, an der ich geboren wurde, das ist die Wahrheit!

Du Lügner! brüllt R hitzig. Du willst doch nur bei meiner hübschen jungen Frau liegen, deren Brüste ja sogar ohne BH noch die pralle Form der Jugend und der Leidenschaft bewahren, deren Segovia-Gitarrenhüften noch die Hüften der…

Tut mir leid, wenn ich dich unterbrechen muß, île de rêve, aber du meinst flach*legen,* nicht *liegen.*

Sag ich's nicht? Das ist doch der Beweis! Du willst meine Frau!

Dieser kleine Streit beweist wieder mal, daß Worte und Taten nicht immer übereinstimmen.

Chez Monette

Eines Tages lud Monette die Jungs zum Tee ein, damit sie ihre neueste Eroberung kennenlernten – Henri, ein großer Mann mit Vollbart (groß und dicht genug, um darin Gegenstände zu beherbergen, Pfeifenreiniger zum Beispiel) und hehren Ansichten (wie das bei einem Pseudofranzmann üblich ist).

Dies ist ein vielversprechender Anfang, finden Sie. Sie fragen sich, warum die Jungs Henri so hassen.

Monette, soviel sei verraten, war eine Zeitlang die Geliebte der Penner (nicht gleichzeitig, natürlich – die gesellschaftliche *bienséance* muß schließlich gewahrt bleiben).

Aha, wir begreifen, die Penner sind immer noch in die Erinnerung an Monette verliebt und verachten ihre Reinkarnation in Henri.

Genau. Henri steht (wenn er was Wichtiges zu sagen hat, *avec un accent, bien sûr,* steht er gern) neben dem zierlichen Teetischchen mit dem feinen Limoges-Service, eine hübsche kleine Dampfwolke steigt aus der Teekanne, die glasiert und auf der ein weißer Kranich – das uralte Symbol der Langlebigkeit – im Flug abgebildet ist.

Die Jungs sitzen gemeinsam auf einem zweisitzigen Sofa [*he, sag auch dazu, daß es sich um einen echten Beauvais handelt, flüstert mir mein Co-Autor zu*]. Sie hassen es, da können Sie sicher sein.

(ach, bevor wir uns den Vorwurf einhandeln, die Szene nicht getreu zu beschreiben, sollten wir, weil es sich um ein wichtiges Detail handelt und der Sache einen netten Anstrich gibt, an dieser Stelle erwähnen, daß neben dem Sofa ein Plattenspieler steht, auf dem Monette ihr Lieblingsstück laufen läßt, Mireille Mathieu mit *Je m'en fous*!) [*He, hast du auch die Pfeife erwähnt, die Henri in der Hand hält? Ja, schon wieder mein Co-Autor*].

Monette macht es sich auf einem merkwürdigen Möbelstück bequem (von hier aus können wir nur schwer erkennen, worum es sich dabei genau handelt), einer Art Sofa, auf einer Seite etwas höher als auf der anderen. Sie ruht auf den Polstern, auf denen sie sich halb zurückgelehnt hat, sorgsam und sehr reizvoll, ihr Kameliengewand leicht geöffnet, die Falten fließen und umschmeicheln sie, fließen und fallen und fallen [*jetzt übertreibst du aber, hör endlich auf mit deinen Ergüssen. Ach, halt doch den Mund und laß mich weitererzählen*].

Henri läßt sich über einen wichtigen neuen Gedanken aus [*une pensée cartésienne*, da bin ich sicher], bei dem es um den Untergang Roms geht (er tut seine Meinungen stets in Großbuchstaben kund).

Ich, setzt er an, und bei ihm klingt das etwa so: *Iiiiccchhhhh.*

Doch dann fährt ihm Penner Zwei, alias *Blitz* dazwischen. *Wer, Monette, ma chérie, war dein bester Liebhaber?*

Womit *Blitz* in der Art, wie er das gefragt hat, natürlich sich selbst meint [*bien entendu*].

Hmm, macht Monette und wünscht sich vielleicht, einen Fächer zu haben, hinter dem sie in diesem Augenblick ihr

Gesicht verbergen könnte. [*He, netter Einfall, das mit dem Fächer.*]

Henri ist verdutzt (er glotzt wie ein Musketier, der gerade *touché* worden ist). Dann meint Penner Eins, *Sag uns doch mal, liebe Monette, wer von uns hat an deine geheime Quelle, den Ursprung deines Innersten gerührt?*

Henri ist wieder an der Reihe. Nachdem er kräftig an seiner Pfeife gezogen und langsam wieder ausgeatmet hat, sagt er, *Na los, sag schon.*

Herrjeh, die arme Monette sitzt vielleicht in der Klemme, oder? Glauben Sie vielleicht, ihr gefällt das? Oder denken Sie gar, daß sie damit gerechnet hat, hier gegrillt zu werden? [*Hör auf damit, den Leser zum Denken zu animieren, das ist gefährlich.*]

Also, beginnt Monette leicht verschlagen, beinahe flüsternd [*Mensch, in dieser Geschichte wird vielleicht viel geflüstert*], *einer war sehr gelenkig, und er zitierte dabei das liebevollste Gedicht, und das geht etwa so – un cube sur une cube cela fait deux cubes, deux cubes sur deux cubes cela fait un mur entre toi et moi, et toi tu es là tout gras en train den manger ma soupe – ein Gedicht, das, wenn ich mich richtig erinnere, Juliette Greco in einem dieser existentialistischen Filme rezitiert, die in Nordafrika spielen und in dem dieser Brite von einem Briten mitspielt, ich hab' vergessen, wie er heißt, sein Gesicht ist ganz pockennarbig. Tee?*

In diesem Augenblick tut es den Männern ungeheuer leid, die Frage, die Monettes Antwort vorausging, überhaupt gestellt zu haben. [*Paß auf deine Syntax auf, flüstert, na, Sie wissen schon, wer, mir ins Ohr.*]

Monette gießt Tee ein, *Hmmm,* er ist safranfarben, sonst läßt sich weiter nichts erkennen. Dann hält sie das Tablett mit den winzigen Törtchen [*mach französisches Gebäck daraus*] ... das Tablett mit den Petits fours den Männern hin (Henri hat sich hinter das Sofa neben den Plattenspieler drapiert – wir haben ja bereits erwähnt, daß der Plattenspieler eine wichtige Rolle in dieser Geschichte spielen wird).

Aber, fährt Monette leise fort, *am Ende kam ich mir wie der Henkel auf einem Pferd vor, ihr wißt schon, einer dieser Handgriffe auf einem dieser Pferde – oder wie heißen diese Dinger? –, auf denen die Turner herumklettern. Nun zur zweiten Frage. Also darauf habe ich eine höchst interessante Antwort, die ich so klar wie möglich formulieren möchte. Er war zweifellos ein wunderbarer Liebhaber, ganz bestimmt, aber mit ihm zusammenzusein hieß, allein zu sein. Ich glaube, er liebte mich so sehr, so ausschließlich, daß er ganz im Kraftfeld meines Seins verschwand, wenn das Bild nicht zu weit hergeholt ist.* [*Auf welchen der Penner spielt sie wohl an?*]

Glauben Sie nicht, lieber Leser, daß mindestens einer von Monettes Gästen es bedauert, ihre Einladung zum Tee angenommen zu haben?

Die Männer sind sichtbar erstarrt, Henri in seiner gallischen aufrechten Haltung, die Jungs in die Polster gesunken, wodurch sie sich unglücklicherweise näher gekommen sind (verstehen Sie jetzt, warum ein solcher Zweisitzer gut für Liebespaare ist? – Falls nicht, wenden Sie sich bitte umgehend an eine entsprechende Informationsquelle, bevor Sie weiterlesen).

Penner Zwei unterbricht mit der Bemerkung, *Meine Herren, was glauben Sie, wie viele Sekunden erlebt ein Mensch noch bewußt, nachdem die Klinge der Guillotine ihr Werk vollbracht hat?*

Der dritte Liebhaber, meinte Monette nun mit einigem Selbstvertrauen etwas lauter und sich weigernd, auf diese letzte Frage einzugehen und sich einfach abwürgen zu lassen, *also der war summum bonum*!

Summum Bonhomme? fragte Henri verständnislos.

Summum Bonum! flüstern die Penner auf dem Sofa unisono.

Ja, ja, und nochmals ja, sagte Monette, *ja, ja. Bonum. Summum. Was soll ich sonst noch sagen? Kuchen?*

Was für eine köstliche Szene, lieber Leser, oder? Können Sie die daraufhin einsetzende Stille schmecken? Können wir überhaupt noch weitererzählen? [Wir bezweifeln es.]

Die Baseball-Loge

Die beiden Penner, die Kerle, von denen wir so oft reden, die, die dasselbe Geburtsdatum und dieselbe Schuhgröße haben und sich einen Schatten teilen, genießen in der zweitrangigen Gemeinde, in der sie leben und arbeiten, einen gewissen Ruf, für den sie nichts können. Die Frauen genießen ihren Status und hegen Ambitionen, die, wie es bei Ehefrauen manchmal vorkommt, über ihre gesellschaftliche Stellung hinausgehen. Und so kommt es, daß man im Baseballpark der AA-Liga, sehr zum Verdruß der Penner, direkt über der offenen Tribüne ein Gebilde sehen kann, in dem die Frauen ihre Freunde empfangen und sich die Spiele in klimakontrollierter Atmosphäre ansehen können.

Am fraglichen Tag gibt es ein interessantes Spiel, punktlos unentschieden, Ende des dritten Innings. Die Penner sitzen auf der proletarischen grünen Tribüne direkt unter der Loge, eine Verbeugung vor den Massen, auf der beide bestehen. Sie sitzen direkt hinter einer jüngeren Frau, einer aufstrebenden Anwältin, ihrer Meinung nach, die das Spiel derart gebannt beobachtet, daß sie die Gelegenheit haben, ihr ansprechendes *derrière* zu studieren, das sich bei jeder ihrer Bewegungen und jedem ihrer Aufmunterungsrufe zu ihren Lieblingsspielern mitbewegt.

Also, Ende des dritten Innings. Und so sitzen sie da. Aber da sind auch noch ihre schlanken Finger mit den wohlgeformten Fingernägeln, die die Aufmerksamkeit der Penner erregen. Sie hegen sexuelle Phantasien beim Anblick dieser hübschen schlanken Finger, die entspannt auf einem Schreibblock ruhen. Aber da ist auch noch ihr dichtes Haar, ein Wunder an levantinischer Schwärze, und die Kopfhaut, die darunter sichtbar wird, so gesund und sauber. Bei diesen reizenden Fingern, ihrem gesunden Haar und diesem appetitlichen *derrière* haben die beiden Penner jegliches Interesse am Spiel verloren.

In der Zwischenzeit sitzen ihre Frauen in einem Kreis bequemer Stühle im Hintergrund der Loge und unterhalten sich mit geladenen Gästen, den Frauen des Polizeichefs, des Bürgermeisters, des Schulinspektors, des Gastdirigenten des örtlichen Symphonieorchesters.

Doch nun ist die Pause vor dem siebten Inning. Wie alle anderen auch, erheben sich die beiden Penner, um sich die Beine zu vertreten. Mit ihnen die aufstrebende Rechtsanwältin, die sich umdreht, um einen Blick auf die Menschenmenge hinter sich zu werfen, und sich dabei den beiden Pennern zuwendet. O Mamma mia! Was für ein Paar Brüste. Unglaublich. Von diesen großzügigen Protuberanzen werden die beiden Penner bis zum Spielende zweifellos ebenso träumen wie von der restlichen Anatomie, und diese Träume werden sie möglicherweise davon abhalten, den Sieg des Heimteams zu genießen.

Der Kostümball

Zum ersten Mal, seit die Penner nach Pennerville gezogen sind, und das ist über vierzig Jahre her, sind sie zum alljährlichen Wohltätigkeits-Kostümball eingeladen worden, der im Bezirksmuseum für Moderne Kunst abgehalten wird.

Auf der Einladung wurde ausdrücklich betont: *Kostümieren Sie sich als Ihre Lieblingsphantasie.*

Da wir für diese literarischen Bemühungen nicht genügend Raum haben, werden wir nicht ausführen, was die Frauen der Penner zu diesem Anlaß trugen. Soviel sei gesagt, in ihren Filmstarkleidern sahen sie sehr reizvoll aus. Penner Eins verkleidete sich als Mitglied des Ku-Klux-Klan. Er hatte sich aus einem weißen Laken eine Kutte geschneidert, die ihm bis zu den Knöcheln reichte, und zwei Augenlöcher hineingeschnitten. Das Kostüm war nicht schlecht, aber eigentlich sah er eher wie ein niedliches kleines Gespenst aus und nicht wie ein häßliches böses Klan-Mitglied.

Penner Zwei hatte sich als Neonazi-Skinhead verkleidet. Er hatte sich kahlgeschoren, riesige Eiserne Kreuze als Ohrringe angesteckt und eine Kette um den Hals gelegt. Er war barbrüstig und trug nur eine schwarzlederne Hose mit Hosenträgern, Stiefel, die ihm bis an die Knie reichten, und Ringe an den Fingern, die wie Schädel geformt waren. Auf die Oberarme hatte er SS-Runen gemalt und sich ein großes Foto von Adolf Hitler auf die Brust geklebt.

Auf dem Ball sorgten die Penner für Aufsehen. Der Neonazi-

Penner gewann für sein Kostüm sogar den ersten Preis (eine Magnumflasche kalifornischen Champagners), und der Ku-Klux-Klan-Penner den zweiten (eine Ein-Liter-Flasche New-York-State-Champagner).

[Wir möchten uns für die Mickrigkeit der Preise entschuldigen, aber Pennerville steckt gerade in einer schweren wirtschaftlichen Krise.]

Nach dem Ball gingen die beiden, leicht angeheitert, (immer noch kostümiert) nach Hause, und Penner Zwei umarmte seinen Freund und gratulierte ihm zum ersten Preis, fügte aber mit leichtem Neid in der Stimme hinzu: Weißt du, ich versteh' einfach nicht, weshalb die Juroren in diesem Wettbewerb einen Neonazi-Skinhead wichtiger finden können als ein Klan-Mitglied.

Aber das ist doch sonnenklar, erwiderte der Gewinner. Der Klan ist auf dem absteigenden Ast, und mit den Neonazis geht es aufwärts. Aber deswegen mußt du dich doch nicht gleich als schlechter Verlierer entpuppen.

Eine ernsthafte Unterhaltung

Ace: He Sam, sag mal, haben wir eigentlich ein Ziel? Hatten wir je eins?

Sam: Mein lieber Ace, unser Ziel, falls wir denn je eins hatten, bestand darin, weniger zu sagen, dahinzureden, was immer wir zu sagen hatten, oder, wenn dir das lieber ist, das ungesagt zu machen, was bereits gesagt worden ist.

Ace: Versteh ich dich recht? Willst du damit sagen, daß unser Daseinszweck auf diesem stinkigen Planeten nicht darin bestand, etwas zu sagen, sondern weniger zu sagen?

Sam: Genau! Oder einfacher ausgedrückt, alles was ich sagen will, halt den Mund, und stell nicht so dumme Fragen.

[*zwei Stunden später*]

Ace: Bist du sicher?

Sam: Bin ich was sicher?

Ace: Daß wir kein Ziel hatten.

Sam: Du bist unmöglich, weißt du das? Fängst du schon wieder an?

Ace: Ich will's doch nur wissen.

Sam: Also, ich sag's dir zum allerletzten Mal. Unser Ziel, falls wir denn je eins hatten, bestand nicht darin, voranzukommen, fortzuschreiten – anders gesagt, den Fortschritt zu befördern –, sondern vielmehr darin zu zögern.

Ace: In welcher Hinsicht zögern?

Sam: Im Unsinn, du Dummkopf!

Ace: Schon gut, schon gut, reg dich nicht auf, aber immerhin sind wir schließlich so weit gekommen.

Sam: Ach ja? Wie weit? Wo?

Ace: Na, da, wo wir jetzt sind.

Sam: Manchmal frage ich mich, wie ich das nur all die Jahre ausgehalten habe.

Ace: [*wischt sich eine Träne fort*]

Sam: Tut mir leid. Also, noch mal. Unser Ziel bestand nicht darin, etwas zu erhellen, sondern zu verkomplizieren, zu verdunkeln. Verstehst du?

Ace: Ach so. Die Dinge unverständlicher zu machen! ... Und, hatten wir Erfolg?

Sam: Aber natürlich.

Ace: Da fühl' ich mich gleich viel besser.

Die gewendeten Mäntel

Die beiden Penner sprechen und/oder verstehen türkisch, französisch, gälisch, japanisch, lateinisch, amerikanisch, javanesisch, deutsch, britisch, italienisch, hebräisch, holländisch, spanisch, jiddisch und sogar Latino, diese hübsche unbedeutende Sprache, die die Sepharden erfunden haben, nachdem sie aus Spanien vertrieben worden waren. Aber keine dieser Sprachen hat ihnen weitergeholfen. Die Penner haben sich in einer großen Stadt verirrt, und keiner begreift, was sie zu sagen versuchen; das Ganze ist ein Alptraum.

Sie machen ein Handzeichen, von dem sie glauben, daß es sich um das universell verständliche Zeichen dafür handelt, sich verlaufen zu haben und in Schwierigkeiten zu stecken. Doch jede Person in dieser Stadt, der sie dieses Handzeichen geben, antwortet darauf nur mit einem Biß in den Daumen, eine Geste, die sie nicht die Bohne verstehen.

Das heißt nicht »nicht die Bohne verstehen«.

Sondern, Klugscheißer?

Nicht die Bohne interessieren.

Was soll das denn heißen?

Keine Ahnung.

Die Alten Penner haben sich verlaufen, sie haben sich verlaufen, und sie sind erschöpft. Sie haben sich verlaufen, und sie sind erschöpft und hungrig. Sie haben sich verlaufen, und sie sind hungrig und durstig und erschöpft.

Reingelegt, stimmt's?

Bitte?

Reingelegt, stimmt's?

Das hast du schon gesagt.

Du hast eine bestimmte Reihenfolge erwartet, die sich aus der Ableitung der letzten Sätze ergeben hat, stimmt's?

Ich bin erschöpft und durstig.

Wir haben uns verlaufen.

Die Penner sitzen auf einer Bank. Eine hübsche Stadt, eine Kleinstadt, irgendwo, sieht aus wie im westlichen Argentinien. Eine hübsche Stadt, eine Kleinstadt irgendwo in Argentinien oder auf der Krim oder in den persischen Alpen. Doch trotz der provinziellen Schönheit der Stadt können sie sich nicht verständlich machen. Und jedes Mal, wenn sie es versuchen, beißen sich die Leute in die Daumen.

Der kleinere der beiden Penner zieht seinen Mantel aus, wendet ihn und zieht ihn wieder an. Es sieht einfach lächerlich aus, all das Futter und die losen Fäden und die Nähte. Mach es auch so, sagt er zu dem dickeren Penner. Wende deinen Mantel.

Aber das ist doch peinlich und sehr unbequem.

Mach es trotzdem, meine Mama hat mir mal eine Geschichte von einem Kind erzählt, das sich verlaufen hat und es auch so gemacht hat.

Und, was ist dann passiert?

Keine Ahnung, sie starb, bevor sie mit der Geschichte zu Ende war.

So plötzlich?

Es war eine lange Geschichte.

Na dann. Der dicke Penner wendet seinen Mantel, und der kleine Penner geht hinter die Bank, um auch die Hose zu wenden.

Und nun sitzen sie da, lieber Leser, die gewendete Bande, unsere beiden Penner, die sich verlaufen haben, zwei Wendemäntel irgendwo auf dieser Welt. Und was, glauben Sie, geschieht als nächstes? Oder glauben Sie, daß die beiden Penner schon gerettet sind? Sie müssen sich die Geschichte selbst zu Ende erzählen.

Ein merkwürdiges Arrangement

Nachdem die Penner bei ihrer Tour durch die osteuropäischen Länder in Warschau gelandet waren, nahmen sie einen Bus bis an den Stadtrand und stellten sich an den Straßenrand, um nach Krakau zu trampen, etwa zweihundertvierzig Kilometer südlich. Der Kathole stand an der Straße, der Jude hinterm Gebüsch, im Straßengraben, hinter Bäumen, wie es gerade kam.

Es gibt historische Gründe für dieses merkwürdige Arrangement, diese notwendige Vorsichtsmaßnahme. So sag uns, o Fabula, wann jemals hat es nicht solche Gründe gegeben?

Wisława Szymborska

Und so landen die Jungs in Krakau und versuchen verzweifelt, die zurückgezogen lebende Dichterin Wisława Szymborska ausfindig zu machen, sie anzurufen und ihr zu sagen, daß zwei ihrer größten Fans den ganzen Weg von Pennerville hergekommen sind und gern mit ihr plaudern, sie zum Essen einladen und mit ihr Fähre fahren würden (wenn es in Krakau eine gibt).

Die Klapperschlange billigt sich selbst ohne jeden Vorbehalt, so lautet der Lieblingssatz der Penner, eine Zeile, die sie im Café Milośćz Szcześliwa immer und immer wieder laut deklamieren, wo sie sitzen und gekochte Kartoffeln essen und Wodka trinken und die anderen Gäste sie als Abbild ihrer eigenen Zukunft betrachten. Was aus ihnen werden wird, wenn auch sie reiche amerikanische Nichtsnutze sein werden und ihr geliebtes Vaterland sich in eine weitere anonyme Marktwirtschaft verwandeln wird.

Was, so fragt Junge Eins den Jungen Zwei, billigt die Klapperschlange? Und dann rufen die beiden die Antwort zu dieser Frage, und wir bitten Sie, lieber Leser, an dieser Stelle mit uns einzustimmen: *Die Klapperschlange billigt sich selbst ohne jeden Vorbehalt.*

Wohin gehen denn diese literarischen Bemühungen? Wo ist Wisława Szymborska? Warum geht sie nicht ans Telefon? Wo bist du, liebe Wisława? Warum zeigst du dich nicht und speist mit den alten Klappergestellen, deren Schwänze derart vorbehaltlos hohl klappern?

Was bleibt zu tun, wohin zu gehen, wie fortzufahren, welche andere Oberfläche zu bevölkern außer der des Gedichts? Die Jungs bestellen noch mehr gekochte Kartoffeln und noch eine Runde Wodka (ja, lieber Leser, ja wirklich) und fangen an, eine andere Zeile von Wislawa zu deklamieren: *Hier haben wir ein Beispiel für falsche Proportionen, hier haben wir ein Beispiel für falsche Proportionen.*

Viola tricolor hortensis

Die Penner befinden sich, wie wir wissen, auf ihrer Abschiedstournee durch eine Reihe europäischer Städte. Sie haben Prag Goodbye gesagt und Wien Adieu. In Madrid murmelten sie denselben traurigen Abschiedsgruß wie beim letzten Mal, als sie verbannt worden waren. Warschau Auf Wiedersehen zu sagen, gab es keinen Grund, also gingen sie einfach so. Und heute finden wir sie ausgerechnet in Berlin. Ausgerechnet im Botanischen Garten.

Im Garten sind die alten Männer auf ein Beet mit Viola tricolor hortensis gestoßen, eine besondere Art. Tausende kleiner Gesichter, lebende Seelen der Toten, in Farben, die unter dem indirekten Kunstlicht intensiv strahlen, ein starkes Leuchten der Blüten und der Luft selbst, so als reichten die Geisterblüten, tiefschwarze Ausstrahlungen jener zarten, samtenen Blütenblätter, endlos weit. Und alles vibriert unter einem riesigen, in alter gotischer Schrift gemalten Schild:

STIEFMÜTTERCHEN

Dann geschieht etwas. Etwas, das wir nur ahnen, nur vage beschreiben können. Und zwar so.

Einer der Penner wendet sich plötzlich an den anderen und fragt ihn, ob er sich an den Besuch in einem Botanischen Garten in einer anderen Stadt erinnert, vor ewigen Zeiten.

Der andere Penner erwidert, daß er sich tatsächlich an diesen Besuch erinnere. Ja, er kann sich sogar genau an ein Beet mit

Osterlilien erinnern, das ihre Aufmerksamkeit erregt hatte, riesige weiße Trompetenkelche und ein Geruch, daß einem fast schlecht wurde...

Der erste Penner schließt die Augen und bittet den anderen darum, ihn durch die Stiefmütterchenbeete zu führen, die zart leuchtenden Reihen der *step-mothers*, wie sie auf englisch heißen.

Der Blinde streckt seine Hand aus, und der andere lenkt sie auf eine Blüte zu. Der blinde Mann ertastet die Blüte, den zarten Stengel, die fragile Hartnäckigkeit der Pflanze.

Schließ auch die Augen und fühl mal, sagt er zu seinem Freund. Doch der wühlt schon mit der Hand in einem kühlen Beet Torf herum.

Meine Mutter hatte auf dem kleinen Hof vor unserem Haus keinen Platz für Pflanzen, sagt der blinde Mann, aber ich wette, sie hat sich solche Blumen gewünscht... eigentlich ein komischer Name, Stiefmütterchen.

Wie komme ich nur auf die Idee, fragt sich der andere Mann, der ebenso tief in Gedanken versunken ist, daß wir einen blinden Gärtner hatten?

Alles starb mit ihr... all ihre Blumenbeete, ihre Forsythien, Rosen, Tulpen, Irisse, Gladiolen...

Dann sagt der erste Blinde, weißt du noch, als wir in Kyoto waren und versucht haben, diesen Laden zu finden, von dem wir gehört hatten, wo man sich am ganzen Körper massieren lassen konnte, eine köstliche Massage, besser als ein Fick. Wir waren in Kyoto, als Besatzungstruppen, weißt du, und wir sind durch die Gegend gestolpert und haben nach diesem besonderen Massagesalon gesucht, als wir in eine Gegend kamen, eine verbotene Zone, wo alle blind waren, alle trugen sie weiße Baumwollkimonos, eine Zone voller Überlebender, die von den radioaktiven Strahlen in Hiroshima und Nagasaki erblindet waren, eine Zone voller Blinder, die umherstolperten und versuchten, sich in den engen Gassen ihres Ghettos zurechtzufinden. All die vielen Blinden in diesen fließenden weißen Baumwollkimonos...

Warum erzähl' ich dir das alles? Wir wollten keine Massage mehr. Wir sind zurück zum Stützpunkt gegangen.

Ja, ich erinnere mich. Und kurz darauf ist deine Mutter gestorben, sagt der andere Penner.

Und nachdem sich die Alten Männer in diesem schweren Verlust wieder zusammengefunden haben, schlagen sie die Augen auf, und für einen Augenblick treiben ihnen das Licht und die strahlenden Farben der Stiefmütterchen die Tränen in die Augen. Nun sind sie bereit, sich von einer weiteren Stadt zu verabschieden, die sie wahrscheinlich nie wiedersehen werden.

Das Leben des Künstlers auf dem Montparnasse

Die Penner haben beschlossen, *artiste-peintres* zu werden, und so ziehen sie nach Paris, mieten sich ein Atelier auf dem Montparnasse, ziehen Malerkittel an, setzen Barets auf und fangen als erstes an, auf die Wände ihres Ateliers all das zu malen, was sich im Raum befindet. Das Zimmer ist quadratisch, hat eine hohe Decke und ein Fenster zur Straße. Sie arbeiten wunderbar harmonisch zusammen und reproduzieren als erstes das Fenster auf die gegenüberliegende Wand, und zwar so realistisch, daß man es nicht vom echten Fenster unterscheiden kann. Dann malen sie die Bilder, die an der einen Wand hängen, alles kunstvoll gerahmte Selbstporträts der Penner, so daß jetzt all die Bilder von ihnen auch auf der gegenüberliegenden Wand auftauchen, wenn auch flach auf der Wand, genauso gut ausgeführt und überzeugend wie die Originale. In einer Zimmerecke stehen zwei Tische nebeneinander an der Wand. Sie malen diese Tische und die Stühle, die davor stehen, in die direkt den echten Tischen und echten Stühlen gegenüberliegende Ecke. Komposition und Perspektive sind absolut perfekt ausgeführt, und jemand, der den Raum betritt und sich an einen der Tische setzen will, könnte die echten Tische unmöglich von ihren Reproduktionen unterscheiden. An die Decke malen sie alles, was auf dem Boden steht, Arbeitstisch, Stuhl, Papierkorb, Staffeleien (jeder hat seine eigene Staffelei) und sich selbst auch, aber auf dem Kopf stehend natürlich, und dennoch so exakt wiedergegeben, daß jemand, der kopfstehend zur Decke hinaufschaut, unmöglich irgendeinen Unterschied erkennen kann zwischen dem, was auf dem Boden steht, und dem, was an die Decke gemalt ist. Schließlich sind alle Gegenstände in dem Atelier an den Wänden und an der Decke gespiegelt, darunter die Staffeleien, die mit großen Leinwänden darauf mitten im Zimmer stehen, auf denen das Zimmer und die Künstler abgebildet sind, wie diese vor ihren Staffeleien stehen, um gerade ihre Selbstporträts zu malen. Dann malen sie sich, wie sie mit befriedigtem Lächeln auf den Lippen vor der Staffelei stehen und das Bild der Staffelei malen, die sie auf der Wand reproduziert haben. Schließlich malen sie sich, wie sie an den imaginären Tischen sitzen, die Köpfe zwischen den Händen, die Ellbogen auf die Tische gestützt. Eine Weile lang betrachten sie sich, wie sie da an den imaginären Tischen sitzen, dann gehen sie zu den echten Tischen, setzen sich hin, legen große Blätter Papier vor sich und beginnen Bilder von sich zu skizzieren, wie sie am Tisch sitzen und sich selbst skizzieren.

Verurteilung

Penner Eins [*alias Ace*]: Ist dir eigentlich klar, mein lieber Sam, daß unsere Freundschaft das einzige Licht und die einzige Freude in meinem jämmerlichen Leben ist? Der Rest ist Düsternis, Verzweiflung, Qual, Zurückweisung, Stille, Abscheu, Widerwärtigkeit, pochende Wut, erbärmliche Drükkebergerei, ungezügelte Verzweiflung, aggressive Paranoia, Psychosen, reaktive Depression; wenn da nicht unsere Freundschaft wäre, dann hätte ich mich in den Gebirgen und Schluchten meiner neurotischen Ängste verlaufen, die ich nur durch Spiegelung hilflos unter Kontrolle halten kann; ich stehe exakt an der Stelle, die der Schlamm des Nichts vorhergesagt hat.

Penner Zwei [*alias Sam*]: Also weißt du, Ace, manchmal gehst du mir wirklich auf die Nerven, ich hab' die Schnauze voll von all deiner Düsternis, Verzweiflung, Qual, Zurückweisung, Stille, Abscheu, Widerwärtigkeit, pochenden Wut, erbärmlichen Drückebergerei, ungezügelten Verzweiflung, aggressiven Paranoia, deinen Psychosen, deiner reaktiven Depression und all dem Kram. Kommst du eigentlich nie auf den Gedanken, daß ich ganz genauso denke wie du, und wenn da nicht unsere... ach, wozu soll ich dir das erklären. Vergiß es. Na komm, laß uns irgendwo 'n Bier trinken gehen.

Titel

Auch wenn sie es nicht offen zugeben würden, so bedauern die beiden Penner doch die Tatsache, daß das von ihnen Erreichte nicht gewürdigt wird, und manchmal denken sie darüber nach, wie denn das Buch über sie betitelt wäre, wenn ein solches Buch überhaupt jemals geschrieben werden würde. Im Laufe der Jahre haben die Penner immer wieder alle möglichen Titel auf einer Liste angefügt, die sie einem potentiellen Biographen ihres Zwillingslebens vorschlagen würden, wenn eine solche Person ihre Dienste anböte.

Die Liste lautet folgendermaßen:

Die Pennerdämmerung
A la recherche des penner perdus
Pennero & Pennia
Also sprachen die Penner
Unter den Pennern
Der Penner-Rap
Warten auf die Penner
Die göttliche Pennerkomödie
Reise ans Ende der Pennerei
Einzelne Schuhe & andere Pennergeschichten
Long Talk Bad Conditions Penner
L' education sentimental des penner
Sorrisi a pennervilla
Eine Version unseres Pennerlebens
Von Pennerville nach Peoria
Die Brüder Pennerasow

Poetik

Die Penner unterhalten sich über die *Poesie ihrer Existenz* und kommen zu dem Schluß, daß die blanke Tatsache der *Respektlosigkeit ihres Doppel-Daseins* den Solo-Solipsismus des Dichters oder der Dichterin zerstört, wenn der oder die glaubt, man könne die eigene Stimme dadurch finden, daß man lyrische Dichtung, wie man so sagt, verfaßt. Ein romantischer Trugschluß, vergleichbar der Vorstellung, man müsse *der tuberkulöse Hungerkünstler im Dachstübchen sein, um dichten zu können.*

Den beiden Pennern ist klar, daß die *Vernachlässigung des Stils* in allem, was sie tun, *die Kühle* und vor allem *die Oberflächlichkeit* und *die Verachtung* für die arrogante Schwülstigkeit der lyrischen Dichtung tatsächlich *ihre Stärken* sind und daß ihre Freundschaft einem großen Gedicht gleicht. *Weil Freundschaft dazu neigt, die Sprache zu verwischen, und dem ungenauen und wirren Gerede Vorschub leistet,* dem Kern wahrer Dichtung.

Life is but a Collage

Eines Tages fiel die Deportierte Person Eins ohne erkennbaren Grund in ihrer Muttersprache zurück und sagte wild gestikulierend:

Ich wurde von meiner Mutter in einen Schrank geschubst. Aber ich glaube, jeder Mensch hat das, was ich eine Schrank-Erfahrung nenne. Ja, jede Mutter sagt mal zu ihrem Kind, du gehst sofort in dein Zimmer, und da bleibst du. Manche Kinder sind gern allein in ihrem Zimmer, andere fürchten sich davor. Der Schriftsteller ist jemand, der sich in einen Schrank einschließt. Auf diese Art, weil meine Mutter mich in den Schrank stieß, bin ich am Leben geblieben. So schenkte sie mir einen Roman. Meine Mutter gab mir Arbeit für ein ganzes Leben. Das ist ein sehr großes Geschenk.

Die Deportierte Person Zwei war erstaunt und sagte, ebenfalls in die eigene Muttersprache fallend: Parfois, tu sais mon vieux, je ne comprends pas du tout ce qui se passe dans ta tête. Moi je crois que tu es en train de perdre la boule.

Klarstellung

Wer d'nn nu aufgebrachte Damen Lilienschöne die See der Aprikose der Kuß des Wassers die Nacht des Felix die Schwänze des Hund casso sei jetzt und immer mehroderweniger unser Surpoem uns kleiner Zahnkuchen Dornen aus muttergrollendem Grind gegründet mein Papa putees rettet mal wieder Haiti 1916 mit seinen berittenen Truppen Papa Doc in Windeln als mein Vater voranstürmte fürs Empire ture ture und die fgld mord duberedetl he wie viele Meilen am Tag mit Bohnen und Heu woher hast du diesen roten Schlips Frank? Siehst gut aus auf dem Poster Junge oh oh ich weichte im Brunnen ein oh fiel oh fall oh fall tot fall linguini xxx Sie sehen wie muß der Text von Teil wir führen auf würde ist das Chaos der Sprache stellen Sie sich vor dies ist ein riesiges Stück für Mitte bing nichts tun vor dem Ende

Liebesspiele

Die beiden alten Jungs stolpern eine dunkle Straße entlang, knuffen sich gegenseitig, schlagen den Parkuhren ins Gesicht, treten gegen Mülltonnen und stoßen Flüche in die leere, stille geduldige Nacht hinaus.

Sie hatten den Abend in Madame Rilkes *salon de refuse* verbracht, ihren Brandy hinuntergegossen und über die gute alte Zeit geschwätzt, als sie noch zahlende Gäste gewesen waren, und hatten durch Gucklöcher den Mädchen bei der Arbeit zugeschaut.

Und nun stolpern sie zu ihren Hotelzimmern zurück (sie sind in der großen Stadt, um bei Versammlungen ihrer jeweiligen Berufsverbände Vorträge zu halten) und rufen in der Gegend herum, was sie durch die Gucklöcher gesehen haben. Vor allem eine junge Novizin hatte sie gerührt, deren Antworten und Gesten von einem Teleprompter geleitet worden waren, der sich in dem Spiegel über ihrem Bett befunden hatte:

sag ihm, wie weh es tut
schlag ihn einmal fest
steck ihm den zeigefinger in den arsch
leck seine schwanzspitze

Keiner der beiden alten Profs hat zugegeben, was wir an dieser Stelle preisgeben müssen: Sie reden nämlich vom Standpunkt ihrer jeweiligen intellektuellen Positionen als Gelehrte heraus über das Mädchen.

Der alte Junge Eins stellt mit humanitärem Ton in der Stimme fest, er habe, von einem existentialistischen Standpunkt aus betrachtet, das Gefühl, daß die Novizin angesichts ihrer fehlenden Erfahrung sehr gut gewesen und er allein schon als Voyeur erregt worden sei.

Der alte Junge Zwei argumentiert dekonstruktivistisch von einem poststrukturalistischen Standpunkt aus, daß seiner Meinung nach die Perle eine reine Katastrophe gewesen sei, ihre Worte und Gesten grob und unwirksam, und er nicht verstehen könne, wie um alles in der Welt jemand an einer solch miserablen Vorstellung noch *jouissance* haben könnte.

Tropenhelme

Eines Nachts schliefen die beiden Penner in einem billigen Motelzimmer in einem Bett (es gibt keinen Grund, genau anzugeben, wohin sie reisten) und hatten beide denselben Traum. Sie träumten, daß sie inmitten einer Menge von Schaulustigen standen, vor der eine Reihe von Hinrichtungen stattfanden. Das verwirrte sie, vor allen Dingen, weil, mit Ausnahme von ihnen, jeder einen Tropenhelm mit Kinnriemen trug. Die Opfer wurden gefoltert und dann enthauptet. Plötzlich traten einer der Scharfrichter und zwei Helfer auf die beiden Penner zu, denn nun kamen sie an die Reihe.

Der Scharfrichter fragte: Wer von euch beiden möchte als erster?

Ohne zu zögern, antworteten sie beide unisono, Er zuerst, und wiesen auf den jeweils anderen.

Entscheidet euch, sagt der Scharfrichter, offenbar erzürnt, Ich kann nur eine Person auf einmal enthaupten.

Plötzlich mußten die beiden Penner im Traum lachen, und sie umarmten sich, denn es war ihnen eingefallen, daß sie diesen Traum schon mal geträumt hatten. Sie wußten, daß die Bilder ausgelöscht werden würden, wenn sie erwachten. Doch als sie dies taten, hing ein Gefühl des Verrats zwischen ihnen in der Luft.

Winterweizen

Eines Tages gingen die beiden Penner [nennen wir sie diesmal die beiden Alten Männer] ihre vertraute Runde spazieren. Eine gute Meile durch einen alten Eichenhain, den steilen Abhang hinab zur sechzig Jahre alten Eisenbrücke, deren rostende Struktur an ein Denkmal erinnerte [um was zu ehren, wissen wir nicht], von dort aus dann die Eisenbahngleise entlang, im Gänsemarsch, schweigend [gesenkten Haupts, den Blick zu Boden] hinaus in den stärker werdenden, sich vom Boden erhebenden Nebel.

Langsam liefen sie im Gänsemarsch den sich windenden Wildwechsel zu den Gleisen hinab, jeder mit einem Wanderstab in der Hand [handgeschnitzt, das sollte hier notiert werden, aus Gründen der Harmonie], durch den dunklen Wald über die feuchte Schicht [toter] Blätter, es war später Nachmittag, Ende November [es kann aber auch Anfang Dezember gewesen sein].

Zuerst kam der kleinere, leichtere von den beiden [er war vielleicht auch ein paar Jährchen älter], dann der größere [nicht nur von Statur, sondern auch als Hochstapler], dabei war keiner von ihnen Anführer oder Gefolgsmann, nein, sie hatten diese Positionen ganz einfach eingenommen, wie Brüder vielleicht, wenn auch in solch einem Fall wohl eher Spannung und Wettstreit mit im Spiel sein mag [da Brüder eher dazu neigen, einander zum Feind denn zum Freund zu sein].

Die Alten Männer, in alte [zerschlissene] Mäntel gehüllt, mit Hüten [der des kleineren grünlich, der des größeren bräunlich], Handschuhen [an denen nichts Besonderes war] und grobgeschnitzten Stöcken aus Windschlagholz [wie schon erwähnt, von Hand geschnitzt, wahrscheinlich mit einem Taschenmesser], hielten sich nordwärts [der Wahrheit zuliebe eher nordostwärts] über die Schwellen, als sie beide ein grünes Band bemerkten [der Nebel brachte das Grün noch stärker zum Leuchten], ein vorbeifahrender Getreidewaggon hatte offenbar dieses Weizenfeld gesät, das nun gut zehn Zentimeter hoch stand und in dem Schotterbett und auf den Schwellen gedieh [wenn man eine solche Behauptung aufstellen kann].

Der Vordermann beugte sich herab, zog ein paar Sprossen aus den Felsen, zerrieb sie zwischen den Fingern und warf sie zu Boden [Korrektur: er streute sie in den Wind].

Was die Alten Männer dachten, können wir nicht sagen [wie auch? *stream of consciousness* ist schon lange aus der Mode]. Vielleicht dachten sie auch an nichts, vielleicht beschäftigte sie die Bewegung, der Augenblick völlig [nichts ist so real wie das Nichts]. Ihr Spaziergang glich also möglicherweise einem Gebet [aber das ist nur eine vage Vermutung], einer Art Gebet, einem rhythmisch rituellen Gemurmel uralter Verse [ja, viel besser, uralte Verse], Verse, die der Unverständlichkeit anheimfielen [ausgezeichnet], bedeutungslose und deshalb so wertvolle Silben.

Aber was sie denken, ist nicht so wichtig, schließlich sind sie [der Wechsel zum Präsens erfolgt hier ganz bewußt, um die Unmittelbarkeit anzudeuten] alte Männer, sie befinden sich nicht mehr im Wirbel wachsender Illusionen [nett gesagt], sie sind frei, einfach auf einem größeren Feld [von Winterweizen] zu leben, ihr Leben gehört allein ihnen, für eine Weile jedenfalls.

Die Alten Männer wandern weiter, und vor ihnen liegt wieder eine Brücke, die sich in die Nebelbank erhebt, dahinter, auf einem Nebengleis, eine Reihe von Viehwaggons [Abschweifung: Der kleinere von beiden erinnert sich bei diesem Anblick aus keinem besonderen Grunde daran, daß in Frankreich folgende Inschrift auf Viehwaggons zu finden ist: *40 hommes ou 20 chevaux*]. Sie kommen am Schwanz eines Eichhörnchens vorbei, der auf einer Schwelle zwischen den Schienen liegt, ein kompletter, säuberlich abgetrennter Schwanz [damit soll angedeutet werden, daß auch Tiere sich an Eisenbahnschienen erfreuen]. Beide begutachten den Schwanz und stochern mit ihren Stöcken danach [er ist vertrocknet, tot].

Der schmächtigere, drahtige zähe Mann nimmt einen Stein aus dem Schotterbett und schleudert ihn nach einem verrottenden Telegrafenmast ohne Draht. Der größere Mann stellt sich neben ihn und schleudert ebenfalls einen Stein nach dem Mast [hier sollte zum Wohle der Genauigkeit festgehalten werden, daß der kleinere Mann mit der linken, der größere aber mit der rechten Hand wirft]. Dieser Wettstreit geht eine Weile so weiter, bis beide den Mast mehrere Male getroffen haben [allerdings kann keiner der beiden zum Sieger bestimmt werden, weil es sich nicht um einen Wettkampf handelte, sondern nur um ein kleines Spielchen].

Dann ziehen sie im Gänsemarsch weiter, doch dieses Mal führt der größere Mann eine Weile, dann fällt er zurück und nimmt die Positur ein, in der er sich aufrecht hält, ohne gleich umzufallen [der größere ist zwar ein paar Jährchen jünger, wie wir schon erwähnt haben, aber nicht in so guter Verfassung wie der kleinere, der sich täglich in der Kunst des Tai Chi übt], er bewegt sich immer im Verhältnis zu der Gestalt [der athletischeren Gestalt] vor sich weiter, am kalten Eisen der fortlaufenden Schienen und den zarten Sprößlingen des Winterweizens entlang.

Dem Führenden sind ein paar Worte aus einem verbitterten Gedicht eingefallen, keine ganze Textzeile, Körperwörter, die in die Höhe sprießen, der plötzliche Muskelschmerz, *ineinander verkrallt* [könnte Trakl sein, aber da sind wir uns nicht sicher]. Der Mann hält einen Augenblick inne und dreht den Kopf halb um, so als wolle er nach dem anderen alten Mann sehen. Dann geht er weiter, die Wörter bilden sich wieder in seinem Körper [Wörter werden nicht immer vom Mund gesprochen], *ineinander verkrallt... ineinander verkrallt... ineinander verkrallt...* und verhallen in ihm.

Mitte der zweiten Brücke über dem Bach pinkeln die alten Männer [dabei ziehen sie ihre Handschuhe nicht aus, um ihre Schwänze festzuhalten. Es ist kalt].

Die Alten Männer durchquerten den dunklen Eichenhain, folgten dem Wildwechsel über die feuchten, zusammengepreßten toten Blätter. [An dieser Stelle ist es uns wichtig, wieder zur Vergangenheitsform zurückzukehren, um den Zeitablauf und die Monotonie des winterlichen Spaziergangs im Winterweizen zu unterbrechen.] Sie gingen den Einschnitt an der Brücke hinab und hielten sich an diesem Nachmittag Ende November [okay, November] nordwärts [ungefähr], hinein in den sich senkenden Nebel, hinaus in den dämmrigen Abend. Dann gingen sie im Gänsemarsch an dem Eisenbahngleis entlang, bis sie jenseits der zweiten Brücke auf eine Reihe von Viehwaggons stießen, die auf einem Nebengleis standen. [Daß sie auf diese Reihe von Viehwaggons stießen, ist von so großer Bedeutung, daß der Rest dieses Abschnitts und auch die folgenden beiden nicht von irgendeiner Zwischenbemerkung unterbrochen werden.] Sie begutachteten sie, linsten durch die Schiebetüren der offenstehenden Waggons, untersuchten jeden einzelnen sorgfältig, so als erwarteten sie dort etwas zu finden. Aber vielleicht verbarg sich in dieser Geste nur die eitle Neugier Alter Männer, die sich unbeteiligt alles anschauen, was sich ihnen zeigt, was immer vor ihnen liegt.

Einer der Viehwaggons war aus Holz, wie die anderen wild besprayt von entwurzelten Jugendlichen in entfernten Städten, großartige, riesige leuchtende Buchstaben, die so kunstvoll entworfen waren, daß ihre ursprüngliche Bedeutung verloren war. Der kleinere der beiden Männer kletterte in diesen hölzernen Waggon. Dann drehte er sich um, streckte seinem Freund die Hand entgegen und zog ihn hinauf.

Leer, Wände und Boden aus zersplittertem Holz. Beide Türen aufgezogen. Leer, nur ein paar Stückchen Heudraht, flache Bänder aus schwarzem Eisen. Die Männer setzten sich, wobei sie sich an den Rücken des anderen lehnten, und nahmen ihre Positionen ein. Der eine schaute nach Westen hinaus, der andere nach Osten.

So saßen sie eine Zeit da, eine ungewöhnlich lange Zeit [Zwischenbemerkung: Ziemlich schwierig festzustellen, wie lange eine ungewöhnlich lange Zeit ist]. Sie saßen entspannt und still da, rührten sich nicht. Versunken, so wie Kinder in der Küche sitzen, wenn ihre Mutter da ist – Mutter, die gerade das Abendessen macht. So saßen sie Rücken an Rücken [schweigend bis auf das Geräusch ihres Atems], der Nebel wurde immer dichter, senkte sich, waberte durch den Waggon, füllte zusammen mit den alten Männern den Raum aus.

Auf einem Gleis in der Nähe blieb ein rotschwänziger Fuchs stehen, eine Pfote auf dem Schienenstrang, die andere erhoben, so als spüre er etwas, er bemerkte die Anwesenheit der alten Männer, seine Nüstern zitterten aufmerksam, sein großer buschiger Schweif gespannt und still.

Durch reine Assoziation, denn der kleinere Mann konnte von dort aus, wo er saß, den Fuchs gar nicht sehen, fuhren ihm ein paar Worte aus einer Fabel [die er früher einmal auswendig gekonnt hatte] durch den Körper: *Un vieux Renard, mais des plus fins... Fut enfin au piège attrappé.*

Der größere Mann mußte im Körper gespürt haben, daß etwas im Inneren seines Freundes sprach. Er sagte nichts, lehnte sich aber ein wenig fester gegen den Rücken seines Freundes.

Bevor sie wieder aufs Schotterbett hinabsprangen, versuchten die alten Männer gemeinsam [ihre einzige gemeinschaftliche Handlung für diesen Tag, mit Ausnahme des Gegeneinanderlehnens] die Reste der Wörter zu entziffern, die in die hintere Holzwand des Waggons geritzt worden waren. Der geschlossene Bogen eines T oder vielleicht ein E, der Winkel eines L oder eines B. Merkwürdig, wie lange sie diese Wortfetzen untersuchten, die da ins Holz geschnitzt waren, Bruchstücke von Buchstaben, Bruchstücke einer Äußerung. [Nein, es gab kein geschnitztes, von einem Pfeil durchbohrtes Herz, nur Buchstaben, Wortfetzen.] Die Alten Männer standen [blinzelnd] an der Wand und untersuchten alles genau, viel länger, als nach allen Maßstäben nötig gewesen wäre.

Dann kletterten die Alten Männer aus dem Waggon und lenkten ihre Schritte wieder zurück an den Ort, wo sie [hügelauf] begonnen hatten; sie gingen hintereinander wie zuvor, der Nebel blieb dicht und unverändert, es war windstill, und alles war so wie zuvor [als sie den Hügel hinabgestiegen waren]. Vorbei an dem grünen Band des Winterweizens, das zwischen den Schienen leuchtete, über die erste Brücke, dann die steile Böschung hinauf [wobei die Alten Männer leicht schnauften] zu dem Wildwechsel durch den Wald.

Dann folgten sie diesem Pfad, liefen über die weichen, feuchten zusammengedrückten [toten] Blätter, und dann erhob sich im Tal der immer lauter werdende, grobe Lärm von Dieselmotoren, die eine schwere Last zogen, die hart arbeiteten, dieses tief dröhnende, pochende Mühen von Dieselmotoren [die Alten Männer konnten die Abgase riechen]. Erst das eine, dann das andere, begleitet vom Geräusch der rollenden Fracht, von Eisenrädern auf Eisenschienen.

Ärmliche Ironien erstrecken sich so endlos dahin wie Eisenschienen, hin und zurück, zurück in der Zeit und durch die Zeit zum Nichts und darüber hinaus zum Ort des Nichtsmehr, bis hierhin, hier zu diesem leeren Text [voller Stille und Einmischungen], und weiter, für immer *ineinander verkrallt... enfins au piège attrappé.*

Dies und das

Eines Sommertages saßen die Penner friedlich auf einer Parkbank, ihre Enkelkinder spielten im Sandkasten und auf den Kletterstangen, die Sonne schien hell, und die beiden unterhielten sich über ihre Eltern.

Penner Zwei fragte: Wie ist dein alter Herr gestorben?

Penner Eins antwortete darauf: Im Bett, er war sehr alt und schrie nach seiner Mutter.

Ach ja, stimmt, das hast du mir schon mal erzählt, vor vielen, vielen Jahren. Das hatte ich vergessen, sagte Penner Zwei.

Und dein Vater? fragte Penner Eins, wie war's bei ihm?

Er ist bei lebendigem Leibe verbrannt worden, sagte Penner Zwei ruhig. Darüber gibt es Aufzeichnungen.

Ach ja, stimmt, das hast du mir schon mal erzählt, vor vielen, vielen Jahren. Das hatte ich vergessen, sagte Penner Eins.

Die Schönheit der Einsamkeit

Einsamkeit ist ein natürlicher Zustand, sagt der Alte Kerl Eins, ich glaube an die Einsamkeit jenseits des Todes, und wenn wir uns unter Freunden einsam fühlen, dann ist das nur ein Vorgeschmack auf unsere einsame Zukunft oder ein Nachhall unserer einsamen Vergangenheit.

Stimmt, meint Alter Kerl Zwei, und ich möchte noch anfügen, daß Einsamkeit auch Sicherheit bedeutet, wenn alles außer der Einsamkeit parenthetisch ist, eine flüchtige Störung.

Ich würde sogar noch weiter gehen, sagte der Alte Kerl Eins, die Hölle ist ein Alptraum ohne Einsamkeit, ohne Ruhe, ohne Konsistenz, und deshalb ist unser Traum vom Paradies Einsamkeit.

Ja, folgert Alter Kerl Zwei, zu große Distanz oder zu große Nähe bedeutet Einsamkeit, und das genau ist die Schönheit der Einsamkeit, und deshalb ist Einsamkeit auch ein natürlicher Zustand.

Geschenke

Wie schon früher erwähnt, haben die alten Kerle denselben Geburtstag (beide im Zeichen des Stiers geboren, was heißt, daß sie mit den Füßen auf dem Boden stehen und die Köpfe in den Wolken stecken haben). Und nachdem sie an diesem besonderen Tag im Mai ihr Horoskop in der Lokalzeitung gelesen haben, das keine langwierige Auslegung erforderte, weil dort recht passend stand, (Zitat) – *Das Geschenk wird die Garderobe bereichern, Sie werden mit dem Eindruck, den sie machen, zufrieden sein, Ihre Beliebtheit wird zunehmen, Sie werden die Menschen noch unter Tränen zum Lachen bringen* –, tauschen die alten Kerle Geschenke aus.

Du zuerst, sagt der Alte Kerl Eins, der offenkundig stolz auf die Wahl seines Geschenks ist.

Alter Kerl Zwei hält die lange, schmale, säuberlich eingepackte Schachtel in der Hand und tut so, als rate er, was drin ist. Er will gerade die rote Schleife aufziehen, als der Alte Kerl Eins ihn davon abhält.

Lies erst die Karte.

Der Alte Kerl Zwei öffnet den Umschlag, liest schweigend und prustet dann lachend los. [Von hier aus läßt sich nicht erkennen, ob das Lachen echt ist.]

Findest du das nicht komisch? fragt der Alte Kerl Eins.

Sehr, sehr lustig, aber ich bin noch nicht gewillt, Sex fürs

Golfspielen aufzugeben, sagt der Alte Kerl Eins und packt sein Geschenk aus. He, was für ein toller Schlips, ruft er aus, genau, was ich brauche! Er geht zum Spiegel und hält sich den Schlips vor die Brust. Perfekt! Und schau dir mal dieses fantastische Muster an, ein Golfschläger!

Gefällt sie dir wirklich, oder tust du nur so? fragt der Alte Knabe Eins mit zweifelndem Blick. Der Schlips ist aus reiner Seide.

Ich find' ihn toll, einfach toll, antwortet der Alte Kerl Zwei, und außerdem paßt er gut zu meinem braunen Anzug ... und jetzt bist du dran.

Ab hier muß die Szene nicht weiter beschrieben werden, denn wie der Zufall so will, bekommt der Alte Kerl Eins genau dieselbe Karte und dasselbe Geschenk wie das, was er für seinen Freund ausgesucht hat. Aber bei Menschen, die am selben Tag unter demselben Sternzeichen geboren sind, sind solche Zufälle nichts Ungewöhnliches.

Kulturbeflissen

Wie schon mehrmals in diesem Bändchen gezeigt, sind die alten Kerle kulturbeflissen, und so bekommen sie an diesem besonderen Tag, ihrem Geburtstag, auch Geschenke von ihren Frauen, wenn sie sich auch nicht sehr darauf freuen, denn sie rechnen mit noch einer gebundenen Ausgabe von Anna Karenina oder einer weiteren neuen Einspielung von Mahlers Fünfter.

Der Alte Kerl Eins packt sein Geschenk als erster aus und ruft mit ungläubiger Miene: He schau mal! Ich hab' ein Massagegerät gekriegt. Und guck, man braucht es nicht mal in die Wand zu stöpseln. Es läuft mit Batterien.

Irre! sagt Zwei. Laß mich mal sehen.

Und was hast du gekriegt? fragt Eins.

Zweis Finger mühen sich mit der Verpackung seines Geschenks, einer rechteckigen Schachtel, ab.

Was ist das? fragt Eins und starrt in Zweis Schachtel.

Ich weiß nicht genau, erwidert Zwei und rätselt über den Inhalt seiner Schachtel.

Sieht wie ein Toaster aus. Ja genau, das ist es, ein Toaster, ruft Eins, als der den Gegenstand aus der Schachtel nimmt.

Du hast recht, ein Toaster, kannst du dir das vorstellen?

Komisch, du bekommst ein Massagegerät und ich einen Toaster.

Find' ich doch ganz logisch, erst massieren wir uns gegenseitig, und dann rösten wir uns. Ich sag' dir, unsere Frauen wissen schon ganz genau, was gut ist für uns.

Geburtstag

Jeden Mai treffen sich die Penner, um ihre Geburt zu feiern, die, wie es das Schicksal so wollte, am selben Tag stattfand.

Sie verbrennen alles, was sich im vergangenen Jahr angesammelt hat, und backen aus der Asche ein Brot, ein bitteres, staubiges Brot, das sie zusammen mit all jenen, die sich zu diesem Anlaß versammelt haben, feierlich verspeisen, wobei die Penner nur Weißweinessig trinken.

Bald darauf fallen die Festlichkeiten wieder zurück auf den normalen menschlichen Geräuschpegel aus Schmerz, Neid, Freude, Hunger, Lachen, Anschuldigungen, Lust, Verzweiflung, Freude und Schnarchen, und die beiden alten Männer bleiben allein am Ehrentisch zurück, dessen weißes Tuch in der abendlichen Brise flattert wie ein geluvtes Segel.

Die alten Männer schauen sich an, was sie sonst nicht allzu oft tun. Sie betrachten sich ausgiebig, so als wollten sie sich die Gesichtszüge des anderen ins Hirn brennen. Sie starren sich an, während die Kinder in den Swimmingpool plumpsen, während ein Hubschrauber vorbeifliegt und die Frauen den Tisch abräumen. Einer der beiden alten Männer hebt leicht die Hand, als wollte er dem anderen etwas sagen, tut es dann aber nicht. Was die Männer tun, ist ausreichend, bis heute. Wieder ein Jahr dahin.

Der Totenschein

Die beiden alten Säcke unterhalten sich über ihren Tod – wer erbt was?

Sack Eins sagt: Also, wenn du stirbst, dann erbe ich doch wohl alles, was dir gehört.

Sack Zwei erwidert: Na, dann gilt aber das gleiche auch für mich – wenn du zuerst abtrittst, gehört alles mir.

Natürlich, merkt Sack Eins an, wer immer als erster stirbt, hinterläßt alles dem anderen: Golfschläger, Angelzeug und Ruten, Gummistiefel, Flinten und Gewehre, Autos, das kleine schwarze Adreßbuch, die Bescheinigung über die Bankdepots, die...

He, warte mal! unterbricht ihn Zwei, wo wir gerade von Bescheinigungen reden, woher weiß ich denn, daß du tot bist?

Ganz einfach, erwidert Eins, während er mit der Faust den Horizont nachzeichnet, ich schick' dir einen Totenschein.

Zwei hört dies, ohne mit der Wimper zu zucken, wendet sich um und schaut seinem Freund ins Gesicht. Ich werd' erster sein, sagt er und grinst.

Nein, nein, wirst du nicht, protestiert Eins, ich bin bei allem, was wir gemacht haben, immer der erste gewesen.

Die Frage

Lieber Leser: Irgendwo in diesem Band, wahrscheinlich auf den Seiten, die Sie bereits gelesen haben (die Vergangenheit der Penner ist größer als die Zukunft), finden Sie literarische Bemühungen, die sich mit der Soziologie der Ehefrau beschäftigen. Wären Sie bitte so freundlich, sich diese Bemühungen noch einmal anzuschauen und uns zu sagen, wer *Sophie* Ihrer Meinung nach ist?

Typisch arrogant, wie wir sind, ist uns überhaupt nicht aufgegangen, daß die fraglichen lit. Bemühungen in dieser Hinsicht äußerst zweideutig sind. Ist *Sophie* die Mutter, die Geliebte oder gar die Ehefrau?

Bitte seien Sie doch so nett, schreiben Sie uns und klären Sie diese Frage. Wir stecken wirklich in der Klemme, bis wir von Ihnen hören. Doch gehen Sie bei ihrer Antwort mit angemessener Vorsicht vor, denn ganz gleich, wie Ihre Antwort lautet, sie wird auf Sie zurückfallen.

Der Streit

Wie das in lebenslangen Partnerschaften (selbst bei guten Freunden) häufiger mal vorkommt, hatten auch die beiden Penner einen Streit. Es begann damit, daß sie sich wegen irgendwas anbrüllten, verkam aber ziemlich schnell zu einem häßlichen Geschubse und Geschiebe und endete schließlich in einer Prügelei.

Sie, lieber Leser, werden sich wohl fragen, was der Grund war, der diesen Sturm auf der sonst so ruhigen See dieser Freundschaft ausgelöst hat [und sich ebenfalls über die blumige Ausdrucksweise dieser letzten paar Zeilen wundern].

Selbst die beiden Missetäter, die sich nach drei Wochen der Weigerung, auch nur ein einziges Wort miteinander zu wechseln, endlich wieder versöhnten und sich umarmten, konnten sich nicht mehr an den Grund für diesen erbitterten Disput erinnern, doch das blaue Auge von Penner Eins und die geschwollene Lippe von Penner Zwei waren Beweis genug für die Gewalttätigkeit ihrer Auseinandersetzung [ein derartiges *enjambement*, und sei es nur in Prosa, ist von Victor Hugo höchstpersönlich in die Kultur der poetischen Sprache eingebracht worden – leider!].

Vielleicht könnten Sie, lieber Leser, sich einen Anlaß für diesen blutigen Kampf ausdenken oder, besser noch, hingehen und ihrem oder ihrer Liebsten die Lippe aufschlagen oder das Auge blau hauen, doch was uns betrifft, so nehmen wir an, daß es sich im Falle unserer beiden Missetäter um eben jenen alten Grund handelt, der auch dafür sorgt, daß sich Freundschaften auflösen: *Sturheit*!

Nächtliches Begräbnis

Wie es so oft der Fall ist, ja, wenn wir so dreist sein dürfen zu behaupten, wie es so oft der Sonderfall ist, läßt sich ohne jeden Zweifel feststellen, daß *Literatur* (und dabei meinen wir auch die *Kunst* im allgemeinen) sich zuallererst auf sich selbst bezieht; und als logische Schlußfolgerung aus dieser ersten Behauptung versichern wir, daß es oft genug eben jene *Literatur* selbst ist, die sich dieser Tatsache am wenigsten bewußt ist.

Falls Sie jetzt noch nicht vor anödender Langeweile den Geist aufgegeben haben, möchten wir, bevor wir mit unserer eigenen Geschichte beginnen, als Beispiel die Bartók/Schostakowitsch/Lehár-Nummer anführen: B's Parodie von S, ohne etwas von S' Parodie von L zu ahnen. Langweilen wir Sie? Wir eilen.

Es ist Nacht, tiefe Nacht irgendwo in Böhmen, und die Penner trampen immer noch westwärts auf die westlichen Zentren der Zivilisation und ihrer Unzufriedenen zu: Paris oder Dachau. Tiefe Nacht auf einer dunklen, verlassenen Straße, die Penner sind dort von den Mitgliedern des Irish-Separatists-Fußballklubs, die Penner Zwei für einen englischen Lord hielten, aus dem Bus geworfen worden, nachdem sie mit den Schienbeinschonern durchgeprügelt worden sind. Tiefe Nacht, die alten Penner erschöpft, hungrig und so durstig, daß sie einen weggeworfenen Zigarettenstummel wegen der Feuchtigkeit des Tabaks hin- und herreichen, um daran zu saugen. Statt zu warten, beschließen sie, zu Fuß weiterzugehen – sicher kommt bald eine Stadt. Die Penner mühen sich

Seite an Seite weiter und halten sich bei den Händen, um sich in dieser vollkommen sternlosen, mondlosen Nacht nicht zu verlieren. Wie die alten Sagenhelden hängen sie in dieser Nacht nicht ihren Gedanken nach.

Vielleicht, sagt der eine zum andern, vielleicht sind wir schon tot. Ich wollte gerade dasselbe sagen, erwidert der andere.

Kurz darauf führt die Straße bergab, und in gewisser Entfernung, die sich nicht bestimmen läßt, können die alten Männer eine Lichterkette sehen, Fackeln vielleicht, die im Gänsemarsch langsam auf sie zukommen. In etwa zwei Kilometern Entfernung, wenn auch das Schätzen von Entfernungen ohne jegliche Bezugspunkte – ach, diese Art von Rhetorik weist ja bereits auf die Schlußfolgerungen hin, wozu also länger Zeit und Raum verschwenden, nicht wahr?

Der Rest ist schnell erzählt. Die alten Kerle springen von der Straße und verstecken sich im Graben. Die Lichterkette kommt immer näher, jetzt hört man auch Wehklagen, wortloses Klagen, doch eines, das seine Form in der Formlosigkeit findet, Klagen, das eine Art Rhythmus findet, eine Form, die den implizierten Schmerz aufnimmt. Als sie sich auf fünfzig Meter genähert haben, wird in dem Halbdunkel (denn es ist nun nicht mehr so dunkel wie zuvor, weil wir die Wolken, die den Mond verhüllten, beiseite geschoben haben – warum auch nicht?) ein kleiner, von einem Maultier gezogener Karren erkennbar. Fackelträger zu beiden Seiten des Karrens. Dahinter eine kleine Gruppe von kapuzengewandeten Gestalten. Alle klagen, klagen aus dem Bauch heraus, so wie tibetanische buddhistische Mönche beten. Als sie sich auf zwanzig Meter genähert haben, wird auf dem Karren ein Sarg sichtbar. Außerdem hat der Eselskarren Schlauchreifen.

Ein nächtliches Begräbnis, sagte der eine flüsternd zum andern. Ja, wispert der andere zurück, ein schwerer Sünder. Nur schwere Sünder werden des Nachts begraben.

Bald schon ist der Leichenzug verschwunden, und die alten Männer, die sich nun sicher sind, daß sich in erreichbarer Nähe eine Stadt befindet, sind wieder in der Dunkelheit (der Mond ist wieder hinter den Wolken verschwunden) auf der Straße und stolpern händchenhaltend weiter.

Einer der Penner sagt seinem Freund und sich und der ganzen Welt: Besser wird's nicht. Eins erwidert: Das hab' ich auch gerade gedacht, und sein Hirn läuft heiß bei dem Versuch, die deprimierend gut passenden Textzeilen zusammenzubringen, die Edith Piaf dort vor gut fünfzig Jahren eingepflanzt hat.

Reinheitsbeurkundung

Der Unterzeichner dieses Schreibens, Mitglied der Cervantesschen Gesellschaft, gibt hiermit zu den Akten, daß Ihre literarischen Bemühungen unter dem Titel *Nächtliches Begräbnis* von dem vor unsere Körperschaft gebrachten Vorwurf freigesprochen worden sind, gewisse Bestandteile jener Bemühungen seien aus *Don Quichote* plagiert.

Ein Computer-Scanning im Doppel-Blindversuch, dem Äquivalent unserer Profession zum DNS-Test, hat ergeben, daß sich in Ihrem Stück keinerlei literarische Einflüsse finden lassen.

Wir möchten allerdings noch bemerken, daß die Operette von Franz Lehár, die Schostakowitsch im ersten Teil seiner 7. Symphonie derart in die Mangel nimmt, das Lieblingsstück Adolf Hitlers war, vor allem in jenen glorreichen Tagen, als das Reich auf dem Marsch nach Südwesten war, um die größte Trophäe einzuheimsen: Paris. An der Wucht, mit der Schostakowitsch sich über das Stück lustig macht, erkennen wir also seine Absicht, dem Führer den alten Lehár in den Rachen zu stopfen.

Hochachtungsvoll,

Ramón Hombre Della Pluma
Präsident ex cathedra

Die Birne

An einem ruhigen, trägen Herbsttag stiegen die beiden Wehrpflichtigen, nachdem sie ihre Schwarzmarktgeschäfte abgeschlossen hatten, die Taschen voller Yen und Armeeanweisungen aus verschiedenen windigen Deals, die sie in den Seitengassen Yokohamas gedreht hatten, in ihre Ausgehanzüge (in Hongkong maßgeschneidert) und fuhren im Jeep eines Vorgesetzten zu einem berühmten Tätowierstudio auf Tokios Ginza.

Wie unsere Leser sicher wissen, gilt Tätowieren in Japan als Kunstform, auch wenn sie in der Zeit der Besatzung nach dem Krieg und der Phase des Wiederaufbaus schwer gelitten hat, was schließlich die meisten Studios dazu zwang, einem Nebengeschäft nachzugehen, um die Einnahmen zu verbessern. In diesem Falle dem eines zuverlässigen Sex-Shops mit all den wichtigen Instrumenten der Lust.

Der *Big Good Time Sex & Tattoo Shop* florierte also, und dorthin lenkten unsere beiden Wehrpflichtigen ihren Weg, um sich flachlegen und tätowieren zu lassen (junge Männer, glauben Sie uns, wissen nicht, wo oben und unten ist).

Wehrpflichtiger Eins kam als erster unter die Nadel, und der Meister malte ihm eine kleine Birne auf die rechte Arschbacke. Als Eins auf einen anderen Tisch hinüberrollte, um seine Birne ein wenig abheilen zu lassen, entblößte Wehrpflichtiger Zwei seinen Rücken und wollte sich die Darstellung seines ersten Fallschirmsprungs in voller Ausrüstung tätowieren lassen, ein großes mehrfarbiges Bild von dem offenen Fallschirm, der von einer Schulter zur anderen reicht. Doch gerade als die Nadel des Meisters den ersten Strich ziehen wollte, erhob sich Wehrpflichtiger Zwei, verneigte sich vor ihm, bezahlte für seine Tätowierung und die seines Freundes und verabschiedete sich mit einem Arrigato Gosaimas.

Der Meister, gedemütigt, daß seine persönliche Zwangslage es ihm nicht erlaubte, die Bezahlung für nicht geleistete Arbeit abzulehnen, wandte sich Eins zu und schmierte ihm Heilsalbe auf die Birne. Wahrscheinlich werden nur Leser mit Sinn für Geschichte begreifen, warum Wehrpflichtiger Zwei an jenem besonderen Tag vor vierzig Jahren auf eine merkwürdige Weise ebenfalls verwirrt war, als der Wehrpflichtige Eins eine Birne in den Hintern gestochen bekam und er gar nichts.

Der Abgrund der Geschichte

Schon früh im Leben wurden die alten Kerle ausradiert, von der Tafel der Geschichte gewischt, aus dem Herzen der Heimat gerissen.

Wie wahr. Und so verbrachten sie ihre Jahre damit, wieder ins Leben zu treten, um Anerkennung zu heischen, sich selbst wieder zu einer Existenz zu schreiben.

Wie wahr. Aber glücklos. Der Franzmann und der Kathole blieben reine Statistik.

Wie wahr. Wozu also all dieses verspätete Gejammer über die Beseitigung ihrer sterblichen Hülle?

Laßt ihre Körper und Seelen (so sie welche besitzen) einfach im bodenlosen Abgrund der Geschichte verschwinden.

Der Holocaust-Vergnügungspark

Die beiden Penner sind natürlich genau das, Penner, was aber nicht heißt, daß sie nicht gewissen, allgemein anerkannten kulturellen Einflüssen ausgesetzt gewesen sind. Wenn Sie sie zum Beispiel mit einer Reihe von Fotografien der Gebäude der sogenannten *Chicagoer Schule* prüfen würden, so könnten sie auf der Stelle ein von Sullivan entworfenes Haus von einem Wright unterscheiden. Oder spielen Sie ihnen ein paar Takte einer Sonate vor, und sie werden ihnen ohne Zögern sagen, ob es sich um Beethoven oder Westergaard handelt. So gebildet sind sie. Aber was heißt das schon?

Denn natürlich zählt *Kultur* nicht viel, Kultur ist das erste, was brennt, wenn Diktatoren an die Macht kommen.

An diesem besonderen Tag jedenfalls finden sich die Penner im neuen Holocaust-Museum in Washington, DC, wieder, ein paar Tage nach dem endgültigen Zusammenbruch von Waco. Sie zahlen den Eintritt, erhalten ihren Opfer-Paß und gehen mit allen anderen hinauf zum obersten, dem dritten Stock des Museums, wo die Führung beginnt. Kaum haben sie sich die erste Foto-Ausstellung angesehen, zieht Penner Eins seinen Freund beiseite und schaut ihn an. Denkst du auch, was ich denke? fragt er.

Penner Zwei antwortet: Guggenheim.

Genau, nickt Eins, Guggenheim.

Zwei nimmt Eins bei der Hand (alte Kerle halten sich oft bei der Hand), und so verlassen sie gemeinsam das sogenannte Museum. Unten auf der Straße stoßen sie auf eine Gruppe von Demonstranten, die rufen: *Sechs Millionen Lügen.*

Die Penner schließen sich ihnen an. Eins ruft: Guggenheim, Guggenheim. Zwei skandiert: Disneyland, Disneyland. Und beide recken die Arme zum *Sieg Heil.* Die Demonstranten bilden einen Kreis um die beiden Penner, rufen ebenfalls diese merkwürdigen Worte und recken die Arme hoch.

Eine Fischgeschichte

Eines Tages standen die beiden alten Säcke am Ende eines morschen Bootsanlegestegs und angelten, was für die beiden etwas Neues war; in ihrer Jugend waren sie an solche kraftbetonten Sportarten wie Tennis, Ping-Pong, Squash, Ringen, Fallschirmspringen und Bergsteigen gewöhnt gewesen.

Fischen is doch für'n Arsch, sagte der Kathole.

Ja, bestätigte der Franzmann, Fischen is was für Weiber.

Und doch saßen sie da auf den verrottenden Planken, an die Pfosten hinter sich gelehnt.

Über den Fluß und in die Wälder, sagte der Franzmann.

In der Mitte entspringt ein Fluß, fügte der Kathole hinzu.

Und doch, es war warm an diesem Frühlingstag, blühender Hartriegel säumte das Ufer, und der Fluß, der von der Schneeschmelze angeschwollen war, strömte schnell dahin.

Weißt du, sagte der Froschfresser, ich vermisse meine Mutter.

Ich auch, sagte der Kathole, ich vermisse meine Mutter und meinen Vater.

Ich auch, sagte der Froschfresser.

Und so angelten sie an diesem ruhigen sanften Tag Anfang Frühling weiter, die beiden Freunde hielten ihre Angelruten fest, und keiner von beiden kümmerte sich um Köder oder Haken oder um das gelegentliche Zupfen an der Angelschnur.

Heißer Tee mit Zitrone im Glas

Eines Abends, als die beiden am Eßtisch im Haus des Katholen saßen und nach einem recht üppigen Mahl in Erinnerungen schwelgten, erzählte der Jude dem Katholen folgende Geschichte:

Es ist später Nachmittag. Die Gestapo wird gleich kommen. Sie werden sich mit Tante Rachel und dem Rest der Familie an den Eßtisch setzen und heißen Tee aus hohen Gläsern trinken, in dem Zitronenscheiben schwimmen, und kleine Stückchen gâteau knabbern. Sie werden schwarze, elegante, flotte Uniformen tragen, Gestapoabzeichen an den Ärmeln. Ihr großer schwarzer Mercedes wird vor dem Haus stehen. Nachdem sie den gâteau aufgegessen haben, werden sie ihre Uniformjakken aufknöpfen und uns ihre SS-Tätowierungen zeigen, dann ihre Revolver aus den schwarzen Holstern ziehen, sie auf uns richten und schießen. Die halbleeren Gläser Tee auf dem Tisch werden schimmern, bevor sie umfallen, und der Tee wird sich mit dem Blut meiner Familie mischen und vom Tisch auf den Orientteppich tropfen. Ich werde dies alles beobachten, weil ich mich unter dem Eßtisch verstecke, und deshalb kann ich dir nun diese Geschichte erzählen, mein Freund, weil sie nicht gemerkt haben, daß ich mich unterm Tisch versteckt und die Krümel aufgelesen habe.

Der Kathole hörte aufmerksam zu, während der Jude diese Geschichte erzählte. Nach langem Schweigen war es nun an ihm zu sprechen. Er begann: *Es ist später Nachmittag. Die Gestapo wird gleich kommen …*

Das EKG des Schreibens

Sam: Also, du meinst, die Gewißheit, daß wir alle einmal sterben werden, sei tragisch. Eigentlich finde ich das eher banal. Mein lieber Freund, die Zeilen, die vor deinen Augen vorbeiziehen, beinhalten in ihrer Regelmäßigkeit eines EKGs die unerwartete Bedeutung, die sie wieder auslöschen wird. Ja, diese jämmerlichen Zeilen sind platt und trivial – beinah genauso widerlich wie die Vorstellung vom eigenen Tod.

Ace: Noch viel bedrohlicher finde ich allerdings die Wahrscheinlichkeit des Aussterbens der menschlichen Rasse, wie man es in unseren jämmerlichen Zeiten nennen könnte. Tragisch ist doch die Möglichkeit, daß die gesamte Art verschwinden könnte. Denn anders als die Gewißheit unseres eigenen persönlichen Todes, können wir die Möglichkeit des universellen Todes nicht kalkulieren, auch wenn dieses Ereignis durchaus möglich scheint.

Sam: O Mann, sind wir heute aber deprimiert.

Ace: Auch nicht mehr als sonst.

Parolen

Im folgenden einige der Parolen, die die beiden Penner in ihren revolutionären Tagen gebrüllt haben. O Mann, sie schrien vielleicht Parolen

... gegen jene, die gläubig, jene, die überschwenglich, jene, die kritisch, jene, die trikolorieren, jene, die aufklebern, jene, die einweihen, jene, die dir einen überbraten, jene, die glauben, daß sie glauben, jene, die friedenstiften & waffenstillstehen, jene, die fressen oder sterben, jene, die denken, daß sie denken, jene, die krächzen krächzen & jene, die quaken quaken, jene, die scheißen & pissen, jene, die Federn haben, jene, die Federbüsche tragen, jene, die mitsingen, jene, die murmeln, jene, die seitlich kauen, jene, die im Hirn wichsen, jene, die abwägen, jene, die im Dunkeln vögeln, jene, die polieren, jene, die zuviel essen, jene, die die Augen schließen, jene, die eine lange Nase machen, jene, die das Bajonett aufpflanzen, jene, die zu weiß sind, jene, die nie erröten, jene, die Löcher stopfen, jene, die die Lebenden begraben, jene, die der Freiheit Statuen setzen, jene, die treiben & niemals untergehen, jene, die, verstehst du mich, jene, die zu viele Fragen stellen, jene, die alle Antworten parat haben, jene, die prügeln, bis man blaue Flecken kriegt, jene, die Kinder verscharren, jene, die sich um jeden Scheiß aufregen, jene, die mit Handschuhen wichsen, jene, die nie weinen, jene, die sechsmal am Tag eine Mahlzeit haben, während andere ihr täglich Brot vielleicht einmal die Woche bekommen oder noch seltener ...

und das ist nur ein Auszug aus der Liste.

Deutsch-land, Deutsch-land germ-any, germ-any

Nach-dem sie die Neu-ig-keit er-fah-ren hat-ten, buch-ten die Pen-ner um-ge-hend zwei Plät-ze im Flie-ger nach Düs-sel-dorf. Zwei Plät-ze, ein-fach.

(Wenn man ein ge-wis-ses Al-ter er-reicht hat [wir wol-len hier nicht ge-nau-er dar-auf ein-ge-hen], kann man es sich er-lau-ben, spon-tan zu han-deln.)

Zwei Tik-kets Er-ster Klas-se nach Düs-sel-dorf. Ein-fach.

Den Al-ten Kna-ben ge-fällt es in der Er-sten Klas-se, die gro-ßen Lehn-ses-sel, der nicht en-den-wol-len-de Ser-vice, die hüb-schen Ste-war-des-sen, die sie wie Spa-tzen um-flat-tern, als hät-ten die Al-ten Ker-le ei-mer-wei-se Sa-men-kör-ner zu ver-tei-len.

(He, ist Ih-nen der An-flug von Li-te-ra-tur im letz-ten Ab-satz auf-ge-fal-len? Fan-den Sie nicht, daß das sehr leicht wirk-te?)

Die Alten ge-nie-ßen den end-lo-sen Srom gu-ter Wei-ne, die in der Er-sten Klas-se aus-ge-schenkt wer-den, die Tisch-tü-cher und Stoff-ser-viet-ten und vor allem das ly-ri-sche Ge-fühl von Ver-lust, das al-te Män-ner über-fällt, wenn sie sich in der Ge-gen-wart von Frau-en in der Blü-te ih-res Le-bens be-fin-den.

(*Aah, Frau-en in der Blü-te ih-res Le-bens!*)

Die al-ten Säk-ke ha-ben al-ler-dings noch nicht ganz den Ver-stand ver-lo-ren. Sie wis-sen ge-nug, um ganz ab-sicht-lich die Si-cher-heits-gur-te ge-öff-net zu las-sen, als die Flug-be-glei-te-rin sie bit-tet, sie zu schlie-ßen, wäh-rend die Mo-to-ren auf vol-len Schub hoch-dre-hen, und sie ma-chen auf hilf-los, wis-sen nicht, wie man sich an-schnallt, das ist ihr er-ster Flug, sie spre-chen nur Far-si, und der an-de-re Kerl bit-tet als Er-ster um ih-re Hil-fe. Aah, der Duft der Frau-en, so köst-lich be-un-ru-hi-gend. In der Er-in-ne-rung ist es fast noch bes-ser.

Penner Zwei: Sprich du für dich selbst, du Arsch.
Penner Eins: Ich wuß-te doch, daß es zu vie-le Tren-nungs-stri-che in die-ser Ge-schich-te gibt.
Penner Zwei: Ach, halt doch die Schnau-ze.
Penner Eins: In Ord-nung.
Über den At-lan-tik, ein-fach, nach Düs-sel-dorf?

Why do the bums tra-vel back to Düssel-dorf?
Wa-rum die Pen-ner rei-sen zu-rück nach Düs-sel-dorf?

Die Ge-schich-te soll-te lang-sam mal an Tem-po ge-win-nen, hier riecht's nach Kleb-stoff.

Wie du willst. Vom Flug im-mer noch ein we-nig an-ge-schik-kert (du kennst ja die Wir-kung von Al-ko-hol in zehn-tau-send Me-tern Hö-he), sind die Pen-ner am Si-cher-heits-tor der Test-strek-ke von DM (Deutsch-land Mo-tors) auf-ge-taucht.

Schnel-ler.

In Ord-nung.

SiewollendenDirektorsprechenundsichfürdieCrashtestsderneuenModellealsDummiesanheuernlassen...

N-i-c-h-t s-o s-c-h-n-e-l-l.

In Ordnung.

Ich wiederhole. Sie wollen den Direktor sprechen und sich für...

Bin-de-stri-che.

In Ord-nung. Ich fah-re fort. Die Crash-tests der neu-en Mo-del-le als Dum-mies an-heu-ern las-sen, ist doch scheiß-egal, wenn sie schon fri-sche Lei-chen neh-men (na-tür-lich mit Zu-stim-mung der näch-sten An-ge-hö-ri-gen), wel-che Ver-bes-se-rung wä-re es, le-ben-de Test-per-so-nen zu neh-men, und außer-dem kön-nen die Kna-ben die Koh-le brau-chen, du weißt ja, was es heißt, in Zei-ten der In-fla-tion mit die-sem ge-rin-gen Ge-halt aus-zu-kom-men. Und wer möch-te sich schon die Ge-le-gen-heit ent-ge-hen lassen, dem Va-ter-land und dem Deutsch-tum zu die-nen? Und vor allem, je bes-ser der Dummy, de-sto bes-ser das Au-to. Nicht wahr?

He! Zu schnell. Wovon quatscht ihr eigentlich?

Penner Eins: War doch heu-te in den Nach-richten, mein Freund.
Penner Zwei: Al-so, ich hät-te es nicht bes-ser er-fin-den kön-nen.

Ihr wollt al-so die-se Men-ge-le-Ge-schich-te wie-der-ho-len? (Das muß wohl an-stek-kend sein.)

Penner Eins: Wie-der-ho-len? Sag mir, wann sie je-mals zu En-de war, du Blöd-mann.
Penner Zwei: Wie-der-ho-len? Sag uns, wenn sie zu En-de ist.

Na, zu-min-dest ge-nie-ßen sie den Schutz durch Sturz-helmets, Säifti-gur-te und Luft-bags. Al-les klar? A-ber klar doch.

Penner Zwei: Na klar. Macht euch kei-ne Sor-gen.
Penner Eins: Kei-ne Sor-gen. Sleep you well, my chil-dren. Schlaft gut, mei-ne Kin-der.

Die Totengräber

Eines Tages schlenderten die beiden die Hauptstraße hinunter und besahen sich die Schaufenster (alte Männer geben nicht viel aus), als Sam sich an Ace wandte und ohne besonderen Grund sagte: Der Unterschied zwischen uns beiden besteht darin, daß du ungeheuer verschlossen bist, ich hingegen bin die reinste Offenheit.

Was ist denn heute mit dir los, fragte Ace, der offenkundig über die Bemerkung seines Freundes sauer war. Was meinst du damit eigentlich?

Alles, was du tust oder sagst, ist nach innen gekehrt. Wie ein Stein, der in einen Brunnen fällt und einfach verschwindet, ohne daß man einen Aufprall hört.

Ace blieb stehen, drehte sich zu Sam und sagte mit sarkastischem Ton in der Stimme: Keine schlechte Metapher, mon cher ami, ich wußte gar nicht, daß du Dichter bist. Aber ich versteh' trotzdem nicht, wie mich das verschlossen macht?

Ich erklär's dir, erwiderte Sam. Wenn du redest oder schreibst, dann ist das so, als ob du ein Loch graben würdest und die Erde, die sich hinter dir auftürmt, kein Licht einfallen läßt.

Ace lachte kurz höhnisch. Wenn ich dich richtig verstanden habe, heißt das mit anderen Worten, du hältst mich für einen Totengräber.

So könnte man es ausdrücken, sagte Sam.

Na, vielen herzlichen Dank. Ein Totengräber. Und was ist mit dir? Du, der du in Klarheit und Offenheit schwelgst, für was hältst du dich?

Ich halte mich auch für einen Totengräber, doch wenn ich ein Loch buddle, werfe ich die Erde so aus, daß das Licht weiter hereinfallen kann. Anders gesagt, wenn dir das lieber ist, du gräbst, um zu verdunkeln, ich grabe, um zu erhellen.

Also, manchmal erstaunst du mich mit deinem Unfug. Aber laß mich mal drüber schlafen, sagte Ace und setzte seinen Schaufensterbummel fort. Morgen erzähle ich dir, worin wir uns tatsächlich unterscheiden.

Solo

Penner Eins sitzt allein mit dem Gesicht zur Wand in seinem Zimmer und murmelt vor sich hin.

Ich werde beobachtet, wie ich.
Wenn ich jemals etwas fallenlasse.
Sollten wir also in Betracht ziehen, daß.
Das ist die Placenta der.
Und, falls das mißlingt, daß ich.
Ihre satten Brüste.
Noch einer und für den.
Ihre Brustwarzen mit.
Kölnisch Wasser, das.
Mein Atem stockte.
Also.
Na, du weißt schon, und.
Wie kann ich meine Birne.
Selbst nach allem, ohne.
Worte übermitteln, um.
Zu glücklich zu.

Penner Zwei betritt den Raum. Was nur, fragt er, redest du hier nur wieder mit dir selbst?

Ein ruhiger Abend daheim

Die alten Knaben verbringen einen ruhigen Abend daheim. Die Frauen sind zum Shopping gefahren, in die neue Einkaufspassage, die heute bis neun Uhr abends geöffnet ist.

Penner Eins liest ein Buch, Zwei klimpert auf dem Klavier ein kleines Jazzo-Solo (kaum zu fassen, aber unsere beiden Penner sind Jazzfreaks).

Penner Eins schaut von seinem Buch auf und ruft zu seinem Freund hinüber: He, laß mal 'ne Minute und hör dir das an.

Zwei hört auf zu spielen und dreht sich auf dem Klavierstuhl um.

Penner Eins liest vor: Hier steht, *Die Wahrheit mag sich wohl im Auge unserer Frauen finden.*

Wer hat das geschrieben? will Zwei wissen.

Goethe, sagt Eins und zeigt auf eine Seite in dem Buch.

Goethe! Na, vielleicht ist da ja was Wahres dran, aber wer, frag' ich, wer von uns beiden hat den Mut nachzuschauen? murmelt Zwei, dreht sich auf seinem Stuhl wieder um und schlägt mit einer Hand *fortissimo* einen h-moll-Akkord an.

Fragen zu »Die Zähigkeit einer Frau«

Meine Herren:

Was verstehen Sie in der Geschichte mit dem Titel *Die Zähigkeit einer Frau* unter *Zähigkeit*? Soll das bedeuten, daß die Dame stark, robust, groß oder muskulös ist, daß sie das Schlimmste ertragen kann, daß sie hart im Nehmen ist? Und wenn Sie schreiben, daß es sich um einen *trüben Tag* handelt, soll man daraus ableiten, daß es den ganzen Tag regnete oder schneite oder gewitterte? Ich meine, Sie könnten da schon etwas genauer sein, schließlich handelte es sich ja um einen historischen Tag.

Ich möchte nicht allzu wortklauberisch erscheinen, aber was bedeutet im zweiten Absatz (wenn man diese formlosen Wortblöcke, in die sie ihre Meinung kleiden, überhaupt so nennen kann) *namenlos,* haben die beiden fraglichen Protagonisten keinen Namen, haben Sie ihn vergessen, oder wollen Sie ihn nicht preisgeben, oder soll man wegen der absichtlichen Ungenauigkeit davon ausgehen, daß hier angedeutet werden soll, die Autoren hätten Angst, die Namen der beiden armen Seelen zu enthüllen, die kurz davor stehen, ausgelöscht zu werden?

Und das ist nicht alles. Nein, noch lange nicht alles. Im selben Abschnitt, *nichtsnutzige tagedieberische Schmierenschreiber,* also, glauben Sie wirklich, daß es nötig ist, in einem derartigen Maße Adjektive anzuhäufen, um den Charakter der beiden Penner zu beschreiben? Hätte nicht eins gereicht? Schließlich verlangt die Lage, in der die beiden Penner sich befinden, nach Zurückhaltung und Anstand.

Ich hoffe, Sie finden diese Bemerkungen nicht impertinent; bitte nehmen Sie meine Fragen als Zeichen meines aufrichtigen Interesses an Ihrer Arbeit. Wo wir gerade dabei sind, so verstehe ich im folgenden Abschnitt zwar den Sinn von *Olivenbäume*, das ist offensichtlich, aber um ehrlich zu sein, habe ich nicht die leiseste Ahnung, auf was Sie mit *Schädel* anspielen wollen.

Soll ich fortfahren? Es ist schade, daß Sie Ihre Sprache nicht besser unter Kontrolle haben, das Thema, an dem Sie arbeiten, ist großartig, aber auf der zweiten Seite kommt es noch dicker. Dort nehmen die Mehrdeutigkeiten derart überhand, daß ich, wenn ich ehrlich sein will, meine Herren, große Schwierigkeiten hatte, das Stück zu Ende zu lesen, wenn ich auch zugeben muß, daß mich die letzten beiden Zeilen zu stillem Nachdenken angeregt haben:

Verzweifle nicht, denn einer der Diebe wurde erlöst.
Frohlocke nicht, denn einer der Diebe war gearscht.

Trotz der obszönen Endung ist in diesen Zeilen etwas, eine Abgeschlossenheit, eine Symmetrie der Syntax, ein Gleichklang der Begriffe, die ich persönlich sehr ansprechend fand.

Ich hoffe, meine wenigen kritischen Bemerkungen werden in allen Ehren aufgenommen. Ich mußte sie Ihnen einfach mitteilen.

Mit freundlichen Grüßen

Die Autoren des *Penner-Rap* erhielten obigen Brief am 1. Oktober dieses Jahres. Er war nicht unterschrieben, und auf dem Umschlag stand kein Absender; aufgrund der Handschrift (ja, der Brief war von Hand geschrieben) gehen wir aber davon aus, daß er von einer Frau stammt. Wir drucken ihn hier *verbatim* ab. Die kursivgedruckten Wörter stammen natürlich aus *Die Zähigkeit einer Frau*, nachzulesen auf Seite 33 dieses Bandes. Wir hielten es für wichtig, unsere Leser auf diese Vorkommnisse hinzuweisen.

Gemeinsamkeiten

Ich frage mich, ob sich ein gewisser Aspekt dessen, was wir uns teilen, dieser Bewegung, die wir uns teilen, sich auch in folgendem Phänomen wiederfindet? fragte der Alte Freund Eins. Ich verliere für längere Zeit die Sprache – für Wochen, Monate, ich stammle, murmle, gehe meiner eigenen Sprache verlustig. Weißt du, was ich meine? Ich kann einem Freund nicht mal den einfachsten Brief schreiben, stelle fest, wie schwierig es ist, selbst auf dümmste Fragen eine einfache Antwort zu finden. Ich knurre meinen Hund an, meine Katze, meine liebreizende Tochter. Knurre meine Frau an, wenn sie die unschuldigsten Fragen stellt: *Wozu hebst du den Schuhkarton in deinem Schrank auf?* Und ich belle sie an: *Rühr ihn nicht an! Den brauch' ich noch*, dabei weiß ich schon nicht mehr, wofür eigentlich. Ich brülle sie an, wenn sie ganz sanft etwas vorschlägt, um mich aus dem Haus zu locken: *Wie wär's mit Kino?* Und ich grummle zurück: *Ach, was soll's, es läuft doch sowieso nichts, ist doch alles Mist heutzutage!* Wenn ich ein paar armselige Wörter rausbringe, dann wahrscheinlich nur restringierten Code: *Wie spät ist es? Was gibt's zu essen? Was läuft im Fernsehen?* Es vergehen Monate, bevor ich spüre, wie die Wörter zurückkehren. Sehr merkwürdig. Ich frage mich, ob dir das überhaupt so ähnlich geht? Ich fürchte schon.

Da hast du verdammt recht, erwiderte der Alte Freund Zwei.

Die Ausgrabung der Totengräber

Heinrich Schliemann (der, wie Sie wissen, während des Krim-Krieges ein Vermögen als Waffenlieferant machte) wird mehr für seinen Glauben an den TXT geachtet als für seine tatsächlichen Buddeleien in AsiaMinor.

Schliemann war ein Mann (ein sehr reicher Mann), der an die uralte Firma nahmens HOMER glaubte: (Homerderfrühermaleine Personwar,bisdiemodernenGeleerten&Literaturtheoretiker»ihn«zueinerGesellschafterhohben).

Shielman nahm den Text (und sein großes Vermögen) nach AM & und verbrachte sich nach Mykene & wanderte dortselbst soundsoviele Schritte vom Felsen D (am Löwentor) nach Otsen & wo er dann den Einbegorenen zu graben befahl & so Litteratur in GeCHichte verwandelte.

Und so auch heute die Penner, die zwar nicht die großen Pelzhändler waren wie S (Pelze hats bei ihnen nur in kleineren Mengen gegeben)

Tutt uns leid, klieber Leser, wir stecken fest. Im gRaben, genau da stecken wir ... Die alten Knaben hatten ein tolles Poem oder Proem oder eine Geschichte geschrieben (ver gessen was) und nun haben sie sie vergessen – – –

– – – sie hieß, Sie ahnen's shcon DIE TOTENGRÄBER (Die auch in das B hinneinsollte ...) & und nun hocken se die Woche über da und veruschen die Stücke & Brocken zusammenbringen, die in der Gegend rumfleigen ...

Die Szene war ganz konventoinal (außer, daß die TG heute die Hacke nehmen &) und die Last der GEchichte ruhte auf dem Dialog:

der ging ungefähr so:

1 – He
2 – Oi
1 – Wir sind tot
2 – Noch nicht
1 – Aber so gut wie
2 – he
1 – Was?
2 – Erinert dich das Loch nich an irndwas?
1 – Deine Frau?
2 – Scheiß meine Frau, raht noch mal
1 – Ich bin zuuu alt
2 – Zu alt zu rahten?
1 – Glaub schon
2 – Erinnert mich an unsere erste Begegnung
1 – ach, der flache Schützengraben süldich vom Han-Fluß am WSüdende von yongdong Po, wo ich ers als erster entdeckte damals hockte noch wer drin wie ich festsellte als ich
bei all dem Gewerfeuer hinienglitt die noch warme Leiche eines nordkoreanischen Sodlaten, n großer Kerl & und als ich ihn ruasgezehrt hatte, hab ich nach dir gewnuken und gerufen, daß du rüberkommen solllst, du hast ganz schlecht Englsch gespporchen & und in der HItze des gefechts andauernd Brocken deiner Muttersprache iengeflochten, irgendwas wie Vann iste GI ici & und dann bist du Schaufel voran in den Garben gekullert & und wir haben zusammren unser erstes rab geschaufelt
2 – Du erinerst dich
1 – Nicht besonders gut

undsoweiter, aber selbst das ham wir über große Strecken nachgeichtet, verstehn Sie
und diesem diesem großen verlorenen Gidecht war neben dem Duialog das Wichtigste ein besonderer Schädel unsd ein rießiger Knochen, zu groß für einen Mernschenknochen Die Jungs dachten, neeein, sie fragbten sich, was macht denn der in dem geheiligten und gesegneten Boden, der nur für die Tten gedacht is

dann
dann fanden die beiden noch meerere Stücke wretvolle Ringe für die Finger zum Beispiel und Armbränder für die
für die4
zum Beispiel

und dANN war da noch die örtliche POlizei, die sich ienmischte und die Jungs der rabschöändung bezichtigte, eine Anklage, die Späte mithilfe ihres Anwalts aus Phildelphia (einer Anwöltin, genauer gesagt) auf EInbruch und Diebstahl reduziert wurde (Penner WEins war der EIOnbrecher und Penner Zwie der Dieb – – oder doch der Einberchende und der Diebende?)

Und dann war da noch ein Salami (vielleicht koscher, na bestimmt) – Sandwiche irgendo in dem Gerdicht, ein Sandiwch und zwei hungrige Männer und noch n paar Stücke, die wohl nie wieder hergestellt werden können...

also wir finden, ♀
daß
mer..... de
Tro.... ...ja

Beim Friseur

Einmal im Monat gehen die Jungs zum Friseur, Haareschneiden und Rasieren, jedesmal zu einem anderen (Männer lieben die Abwechslung, wie wir alle wissen). Einmal im Monat fordern sie das Schicksal heraus und verlangen vom Friseur, das bißchen zu schneiden, was sie noch auf dem Kopf haben, und sie zu rasieren, eine verläßlichere Quelle des Haarwuchses. Es gibt mehrere Gründe, warum die Jungs das mögen. Erstens haben sie was zu tun. Sie brauchen einen Grund, um aus dem Haus zu kommen, *damit sie sich nicht mit den Frauen in die Haare kriegen*. Zweitens frischen sie ihre Kartenlesefähigkeit wieder auf (eine wichtige militärische Fertigkeit) und kommen dazu, die neueste Ausgabe der *Sports Illustrated* zu lesen. Drittens machen sie gern eine kleine Szene, wenn sie auf einen Friseur stoßen, der *ohne Anmeldung* frisiert. Wenn der Friseur sagt, *Der Nächste!* ziehen die Jungs ihre Nummer *Nach Ihnen* mit all ihren Phrasen ab – *Alter vor Schönheit, Pferd vor Karren, Löffel vor Suppe*, undsoweiter. Viertens besteht ja die Möglichkeit, daß sie von einer hübschen jungen Friseuse frisiert und rasiert werden, die unter ihrem weißen Kittel meist nackt ist und deren unbehinderte Brüste manchmal die Knaben streifen, wenn sie sich vorbeugt und die Koteletten stutzt. Fünftens ist noch der Tratsch. Sechstens das Witzereißen – haben Sie schon den gehört über, usw. Siebtens die Geräusche beim Frisieren – das Klappern der Schere, das Summen des Föns, das Schaben des Rasiermessers, das kurze Stöhnen des Heißschaumspenders, das Flappen des Deckenventilators, das Gerede der Friseure untereinander, die Nekkerei, das Geschimpfe. Achtens die fallenden Haare, die Haare auf den Kitteln, dem Fußboden, den Bergen von Haaren und die Bürste des Friseurs, mit denen er den Jungs die Haare von den Schultern fegt. Neuntens der Spiegel hinterm Kopf. Zehntens das heiße Tuch auf dem Gesicht. Elftens der Duft des Eau de Colognes, das einem ins Gesicht getupft wird (vor allem von weiblichen Händen). Zwölftens der Zug des Kamms durchs Haar. Dreizehntens, und das hätten wir beinahe vergessen, das zu heiße und dann ein wenig zu kalte Wasser beim Haarewaschen. Vierzehntens das Nachtrimmen und Gezwitscher der Schere. Fünfzehntens das Wegschlagen des Kittels, wenn der Friseur einem aus dem Stuhl hilft. Sechzehntens das Trinkgeld, nachdem man die Arbeit begutachtet hat, um daraufhin die exakt richtige Summe zu geben. Was haben wir vergessen? Ach ja, den köstlichen Augenblick, wenn man von sich selbst und den eigenen Sorgen davonschwebt, während der Friseur oder die Friseuse seine oder ihre Arbeit tut, ja, große Ruhe, Ruhe und Reise, und wie bei allem im Leben der Wunsch, es möge so bleiben, immer so weitergehen, noch ein wenig, und zwar genau in dem Augenblick, wo alles vorbei ist, ach, wie sehr man sich noch mehr wünscht, ganz gleich wie wenig, bis zum letzten Haar. Siebzehntens die Busfahrt zu dem Stand mit den richtigen Chicagoer Hotdogs. Achtzehntens, das propriozeptive Erlebnis im ruckelnden Bus, die Jungs, die sich und andere Fahrgäste anrempeln. Ach ja, wie hätten wir das vergessen können, und das Schuheputzen beim Haareschneiden, von der Möglichkeit, sich maniküren zu lassen, ganz zu schweigen.

Liebe Leser

Irgendwo in diesem Band
werden Sie eine Geschichte mit dem
Titel *Der Holocaust-Vergnügungspark*
finden oder bereits gefunden haben,
und Sie sind wahrscheinlich genauso verstört
wie wir, ja vielleicht sogar schockiert.

Sie müssen wissen, daß es die alten Penner ebenfalls sind.

Nach der jämmerlich karnevalesken Demonstration
mit den Neonazis vor dem
Museum des Holocaust
kehrten sie in ihr schäbiges Hotelzimmer zurück
und saßen dort bis spät in die Nacht
in gedemütigtem Schweigen und ließen eine
große grüne Flasche *Thunderbird* kreisen.

[An dieser Stelle beenden wir den Gedichtmodus und schalten um zur Mutter Prosa, der Gestalt, die die Muse stets anruft, wenn sie in Bedrängnis ist.] Zuallererst, lieber Leser, möchten wir Sie wissen lassen, daß die Penner an dieser Stelle weder Referenzen abgeben oder ihren guten Ruf zur Schau stellen wollen, um über dieses Thema sprechen zu können. Nachdem die Flasche eine ganze Weile gekreist war, wurde den Pennern klar, daß man mehr als nur ein Museum braucht, um auch nur die *flüchtigste Träne* zur Erinnerung an die gedemütigten und hingeschlachteten Millionen hervorzulokken, die dieses Schicksal erlitten haben, wenn sich die Penner darüber auch nicht gerade freuen. Ihrer Meinung nach sind das einzig passende Mahnmal, das einzige *Museum des Holocaust* die Abendnachrichten im Fernsehen, ganz egal, welcher Sender, vorzugsweise in Farbe, aber Schwarzweiß tut es zur Not auch. Der schwere billige Fusel tat nichts, um die verbitterte Wut der alten Männer zu mildern, aber damit war auch nicht zu rechnen gewesen.

Wortsüchtige

In der Zwischenzeit muß Ihnen, unseren treuen Lesern, aufgegangen sein, daß die beiden alten Säcke ziemlich geschwätzig oder, um es bündiger auszudrücken, wortsüchtig sind.

Allerdings sollte man nicht daraus schließen, daß sie an die Wirksamkeit des Wortes glauben.

Unsere beiden alten Säcke wissen ganz genau, daß es Worte sind, die sie dorthin bringen, wo sie hinwollen, und sie gleichzeitig daran hindern, dort anzukommen.

Im folgenden die Erklärung, die der eine alte Sack dem anderen gab, wie Wörter es stets schaffen, etwas auszudrücken, aber niemals genug:

Was die Wörter ausdrücken, kann niemals vollständig eliminiert werden, man kann nicht nichts meinen (das wäre zu schön), aber man kann genug meinen, um zu wissen, daß es nichts meinen nicht gibt. Hast du mich verstanden?

Ja, ich glaub' schon, aber ich bin mir nicht ganz sicher.

Ein Stück Geschichte

Unsere beiden Freunde lernten sich das erste Mal in einem hastig ausgehobenen, flachen Schützengraben in Yongdong-Po kennen, als Chesty Pullers Männer den Han-Fluß überquerten und in die Hauptstadt Seoul einmarschierten.

Nein, das ist nur eine Form der Wahrheit, aber nicht die exakte historische Tatsache.

Die Penner lernten sich kennen, als Zwei in einer C-47 von Kimpo nach Tachikawa flog und seine Zigaretten, alles Camel, gegen mehrere Kisten Old Kentucky tauschte, die Penner Eins schwarz für Film getauscht hatte.

Das kommt der Sache näher, sicher eine Form der Wahrheit, aber noch immer fehlen der Szene die tatsächlichen Bestandteile belegbarer Fakten (eine Reihe historischer Ereignisse sind von zweifelhafter Glaubwürdigkeit).

Vielleicht lernten sie sich im Freizeit- & Fitneßcenter in Kobe kennen, ja, da klingt schon fast richtig. Eins hätte von Yokohama mit dem Jeep hinfahren können, und Zwei wäre vielleicht von Kimpo eingeflogen...

Die eigentliche Wahrheit, aber bitte behalten Sie das für sich, ist, die beiden Penner haben sich in einer Sommernacht in einem Freudenhaus in Shimbashi kennengelernt, wo sie sich dieselbe Flasche, dasselbe Zimmer und dasselbe Mädchen teilten. Der Schnaps war Old Kentucky Bourbon, das Zimmer kahl und nicht weiter wichtig, und das Mädchen sagte, sie heiße Sumikosan und liebe sie beide zu gleichen Teilen und für immer und ewig. Aso deska.

Duell auf See

◆

Die
Alten Kerle
Sitzen in einem
Der Flachboote ihres
Enkelsohns, einer be-
Scheidenen, wackligen
Angelegenheit mit einem
2-PS-Motor und einem Paar
Zusammenklappbarer Ruder im
Bug, draußen in der Bucht und angeln.
Es ist ihr Geburtstag, und sie sind nicht allzu
Glücklich darüber – die Jahre summieren sich
Langsam, und die Alten Kerle haben allen Grund,
Sie ernst zu nehmen, den traurigen Glockenschlag der
Stunde auf jene zwiefache Art in ihren Knochen zu ver-
Nehmen, wie Glocken nun einmal läuten; wie der Dichter
Sagt: Erst in dem Doppelbereich werden die Stimmen ewig
Und mild sein. Dichter sind so einfühlsam. Heute wollen sie See-
Barsch fangen – jener bekannte Anglerfisch, der auf der Liste der
Bedrohten Arten steht und auch den Jungs bedrohlich ist (Jungs
Werden sie genannt. Ein äußerst deprimierendes Zeichen). Jedenfalls
(Es ist ziemlich schwierig, sich nicht ablenken zu lassen, wenn man eine
Fischgeschichte erzählt) fühlen sich die Alten Kerle nicht besonders, sie
Fühlen sich alt: Die Regierung schickt ihnen Formulare, Beerdigungsgesellschaften
Wollen mal auf einen Plausch vorbeikommen, Sears hat ihnen den »Klug im Alter«-Katalog
Für Prothesen, Stöcke, Krücken, Badewannengriffe, Vergrößerungsgläser, aufblasbare Ringe
Für die Kloschüssel, Eisbeutel für wundgelegene Körperstellen und Aspirin geschickt.

◆ ◆

Na, jedenfalls ist das Meer zu dieser späten Nachmittagsstunde sehr dunkel, fast schwarz, obwohl eine pralle Maisonne darüber steht. Von Westen können die Jungs das Geräusch eines sich rasant nähernden Schnellboots hören, eine dieser superschnellen Zigaretten, wie sie Drogenkuriere benutzen. Die Sonne blendet sie, so daß sie es nicht sehen können, und sie machen sich leichte Sorgen, das Schnellboot könne sie über den Haufen fahren. Die gefährliche Situation muntert die alten Kerle auf. In diesem Augenblick kommt das Schnellboot in Sicht, am Bug eine Traube schöner Frauen, die beim Anblick der alten Fischer ihre Bikinioberteile ablegen und ins Wasser werfen, damit die Jungs auch mal was zu sehen kriegen, verdammt. Dann sind sie verschwunden, wie alle Visionen von Schönheit, zerflossen wie eitel Schaum, verschwunden in einer aufgewühlten Heckwelle, die wie Walsperma aussieht (wenigstens kommt es manchen so vor). Was für eine Geschichte. Die alten Kerle stehen auf und rufen dem Zigarettenboot hinterher, es soll zurückkommen, sie sind ganz aufgeregt, und ihr Flachboot, das nun von leeren Bikinis umgeben ist, die wie schlappe Luftballons aussehen, schaukelt und nimmt Wasser. Nummer Eins fängt an, seinen Freund zu kitzeln, der zu kichern anfängt und ihn ebenfalls kitzelt. Und während wir uns ans sichere Ufer zurückziehen, sieht es so aus, als würden sich die beiden alten Kerle mit ihren Angelruten duellieren. Kann das sein? Sehen Sie das auch?

Horoskop

Jeden Morgen lesen die beiden alten Kerle ihr Horoskop. Obwohl sie am selben Tag im Mai geboren wurden, streiten sie sich oft über die Auslegung der astrologischen Vorhersage, zweifellos wegen der deutlichen Unterschiede in ihrer Herkunft.

Einer der alten Kerle ist ein typischer Vertreter der weißen angelsächsischen Protestanten, ein WASP, der andere der typische, immer wiederkehrende Einwanderer.

Und so streiten sie sich auch an diesem Tag über die Vorhersagen ihres Horoskops:

> *Der Mondaspekt betont Reisen, Veröffentlichen, Kommunikation, Einsicht in spirituelle Werte. Sie werden einen Abgabetermin einhalten und möglicherweise einen finanziellen Volltreffer landen!*

Der WASP erklärt, daß die Vorhersagen für den Tag vollkommener Scheiß sind und auf ihn nicht zutreffen, weil er nicht an spirituelle Werte glaube und nicht die Absicht habe, irgendwohin zu fahren oder einen Roman zu schreiben, wohingegen der Einwanderer das Horoskop äußerst vorteilhaft findet und beschließt, auf der Stelle einen Bestseller zu schreiben.

Numerologie

Penner[1]: 22

Penner[2]: Ha ha ha. 44.

Penner[1]: 73.

Penner[2]: Dreiund was?

Penner[1]: Siebzig.

Penner[2]: He, der ist gut. 303.

Penner[1]: Ah, was für ein Einstieg. 324.

Penner[2]: Ja, ja, natürlich. Aber abgeleitet. 9.

Penner[1]: 9? Aber dir ist schon klar, daß die 9 sich immer selbst auslöscht?

Penner[2]: Na klar. Aber ich bleib' bei meiner 9.

Penner[1]: Das finde ich ernüchternd. Wie soll ich da weitermachen?

Penner[2]: Dann fängst du eben noch mal von vorn an.

Penner[1]: In Ordnung. 63.

Penner[2]: Oh, oh, 63 ... 63. Ja, ja, diese Zahl.

Penner[1]: Oh, nicht gut. 6 und 3 macht 9.

Penner[2]: Wir stecken schon wieder fest. Wir haben uns wieder ausgelöscht.

Penner[1]: Stimmt. Das Spiel ist aus.

Das Versagen der Worte

In der Zw zeit muß Ihnen, unseren esern, auf gangen sein, daß beiden alten S ätzig, oder um bündiger aus, wort *sind.*

Allerdings sollt man nicht , daß an die des *glauben.*

Unsere alten wissen gan , daß es , die sie bringen, wo *wollen*, und hind n, dort.

Erklärung, wie stets schaf en was ausdrücken aber niemals genug:

W s die sagen kann niem vol tändig, man nicht meinen (zu) aber man kann ge ug zu wissen, nichts nicht gibt. Has du mich ?

Ja, ich glaub , aber nicht . Vielleicht

Eine Bemerkung zu »Duell auf See«

Diese Stoffstücke auf dem Wasser, diese Bikinis, die auf den Wellen treiben wie leere Luftballons, tragen im Kontext der Situation eine symbolische Bedeutung, die recht kompliziert, dennoch aber eindeutig dechiffrierbar ist.

Leicht zu verstehen, daß der Sex auf dem Zigarettenboot davongerast ist und die alten Knacker, im Heckwasser dümpelnd, sinnlos duellierend zurückgelassen hat, denn Gewalt ist das einzige, was ihnen noch geblieben ist.

So betrachtet, könnten die alten Knacker in einen großen poetischen Augenblick, wenn nicht gar ein großartiges Gedicht gestolpert sein.

Gute Vorsätze zum Neuen Jahr

Es ist Silvester. Egal, welches Jahr zu Ende geht und welches um Mitternacht beginnt, das ist nicht wichtig, was zählt ist, daß jeder der Penner (ohne den anderen überhaupt zu fragen) eine Liste an Guten Vorsätzen zum Neuen Jahr aufsetzt.

Die Liste von Penner Eins lautet wie folgt:

Kein panierter Kabeljau mehr
Kein Beef Wellington mehr
Keine schokoladenüberzogenen Erdbeeren mehr
Keinen Bananensplit mit heißer Karamelsoße mehr
Kein Eis mit Extra-Nüssen und -Kirschen mehr
Kein Bourbon mehr
Kein Bonbon mehr

Die Liste von Penner Zwei lautet so:

Ich wünsche mir nicht mehr, ich sei in Paris
Ah, Paris, Paris
wie ich eine Flasche Perrier trinke
Ah, Paris, Paris
Gauloises rauche
Ah, Paris, Paris
auf der Terrasse eines Cafés sitze
Ah, Paris, Paris
auf den Champs Elysées
Ah, Paris, Paris

Plastizität

P^1: Was hast du gesagt?
P^2: Plastizität, ich habe gesagt, »Plastizität«.
P^1: Und warum hast du das gesagt?
P^2: Ich sagte, »Plastizität«, weil das Wort sich noch beim Sprechen auszuhärten scheint und mich verhöhnt, noch während ich es im Mund forme.
P^1: Und, was soll das beweisen?
P^2: Das soll überhaupt nichts beweisen, ich experimentiere nur herum.
P^1: Ah, das ist 'n guter Witz. Herr P^2 experimentiert.
P^2: Was ist denn daran falsch? Ich versuche oral zu demonstrieren, daß man, wenn man zum Beispiel von der Plastizität des Körpers spricht, in Wirklichkeit andeutet, daß der Körper als Platzhalter dient, als eine Art temporäres Buch, in das Wörter wie Plastizität für die Nachwelt niedergeschrieben werden können.
P^1: Du hättest Philosoph werden sollen.
P^2: Ich bin Philosoph.

Das Große Vakuum der Schöpfung

Uns ist mitgeteilt worden, daß alles, was wir geschrieben haben, nicht existiert und daß Sie, liebe Leser, diese Worte nicht lesen, denen Ihre Augen folgen. Wir sind nicht hier, Sie sind nicht hier. Liebe Leser, liebe, liebe Leser. Ach, wir nehmen all unsere Zuneigung, und auch die Ihre, zusammen, um uns zu trösten. Es ist einsam hier im großen Vakuum der Schöpfung.

Die Penner, die Könige sein wollten

Die Penner haben beschlossen, daß sie noch ein letztes großes Abenteuer bestehen wollen, bevor sie das Tempus wechseln und in die große Leere des Nichtseins eingehen – sie wollen hinaus in die Welt und allumfassende Macht erringen, wenn nicht gar Omnipotenz.

Und so verkündet Penner Eins, daß es für ihn das größte Abenteuer wäre, auf dem päpstlichen Thron im Vatikan zu sitzen und über die Millionen und Abermillionen Katholiken in der Welt zu herrschen.

Penner Zwei prustet vor Lachen, Also, das glaub' ich nicht, du würdest den Sex und selbst die Sexphantasien dafür aufgeben, nur um Papst zu werden? Du machst Witze.

Da hast du recht, sagt Penner Eins, vergiß das mit dem Papst.

Hab' ich schon, sagt Penner Zwei, der immer noch lacht.

Und was ist mit dir, wer würdest du gern sein? fragt Penner Eins.

Ein König. Ich wäre gern ein König, erwidert Penner Zwei. Vielleicht sogar Kaiser, ein Eroberer wie Alexander der Große. Ja, ich wäre gern so mächtig, so omnipotent wie Alexander der Große, der ganz Capristan eroberte und die wunderschöne Roxanna heiratete und so viel Gold und Edelsteine anhäufte, daß er nur ein halbes Prozent davon mitnehmen konnte, als er beschloß, in die Heimat zurückzukehren, weil er Heimweh hatte und zu seiner Mama wollte. Ja, ich würde gern ein Reich erobern.

Ich komm' mit! ruft Penner Eins aus, und vielleicht kann ich unterwegs auch ein kleines Königreich für mich erobern. Komm schon, nichts wie los. Auf nach Capristan!

Liebe Leser, leider können wir Ihnen zum gegenwärtigen Zeitpunkt nichts über den Fortschritt unserer beiden Penner berichten. Seit sie vor mehr als drei Monaten zu ihrem grossen Abenteuer aufgebrochen sind, haben wir von ihnen keine Nachricht erhalten. Wir versichern Ihnen, dass wir Ihnen, sobald wir etwas Neues erfahren, Ihr grosses Abenteuer in allen Einzelheiten berichten werden. In der Zwischenzeit können Sie einfach mit dem fortfahren, was Sie eben so tun, wenn Sie uns nicht zuhören.

Die kahlen Sopranisten

Als wir die alten Kerle das letzte Mal sahen, trampten sie von Krakau, wo es ihnen nicht gelungen war, die Dichterin Szymborska zu treffen, die sie wegen ihrer feindseligen Einsiedelei nun etwas weniger mögen, westwärts.

Nun treffen wir sie in Deutschland an, wenigstens glauben wir, daß sie es sind: Am Straßenrand sehen wir zwei kahlköpfige Männer mit Tätowierungen, gekleidet in die legeren Anzüge der chinesischen Mafiosi von New York City.

Warum die alten Kerle sich derart ausstaffieren, wissen nur sie selbst, wir haben hier nur zu berichten: zwei alternde Glatzköpfe am Straßenrand, die beide wild mit dem Daumen fuchteln und alle, die an ihnen vorbeifahren (in ihren tollen, schnellen Mercedessen und BMWs), mit Flüchen belegen, die wir hier nicht wiederholen müssen, weil alle sie kennen.

Jedenfalls kann man nur darüber spekulieren, warum unsere beiden Penner beschlossen haben, sich auf ihrer Reise durch Deutschland zu verkleiden, statt einfach sie selbst zu sein.

Eine Geschichte über eine Geschichte in einer Geschichte

Eines Tages (und schon geht's wieder los, liebe Leser) erzählte Penner Zwei (wer immer) Penner Eins eine Geschichte *mein Leben begann*, und aus einem unerfindlichen Grunde hörte jener *unter leeren Häuten* tatsächlich zu ... was sehr ungewöhnlich war, er hörte tatsächlich der Geschichte *und staubigen Hüten* zu, die Zwei ihm erzählte. Er lauschte andächtig, statt ihn zu unterbrechen, zu lachen, zu besserwissern, aufzuhalten oder abzulenken; dabei aß er eine kalte Waffel *ich lutschte gestohlene Zuckerstücke* und schuf allgemein gesagt die gemeinsame Spracherfahrung der Geschichte interpersonell mit *draußen tänzelte der Mond übers Dach.* Um ehrlich zu sein, war die Geschichte nichts Besonderes. Und wenn man Penner Eins nun ... nur ein paar Stunden später ... danach befragen würde *um den Beginn meiner Übermäßigkeit anzuprangern*, würde er höchstwahrscheinlich nicht das kleinste bißchen davon erinnern, kaum eine Silbe hätte die Erzählung überlebt ... aber *ich rutschte auf der zwölften Stufe aus* genau betrachtet, dürfte in diesem Nichterinnern eher ein kurzzeitiger Gedächtnisverlust zum Ausdruck kommen *und fiel*, eine dem Alter entsprechende Schwäche, als eine Interpretation des Textes (Oh Mann, das ist ein ziemlicher Brei *und alle Türen*, nicht wahr, am liebsten hätten Sie doch einen Lappen und etwas Seife). Wir wollen an dieser Stelle *gingen auf, stumme Augen,* ohne respektlos über Penner Zwei herzuziehen, nur sagen, daß Penner Eins sich die Geschichte nicht wegen ihrer Bedeutungslosigkeit und Banalität nicht merken konnte, sondern weil *die auf meine Nacktheit starrten* der alte Kerl einen Sprung in der Platine hatte (Wie bitte?).

Jedenfalls (Sie sehen, wie es den Alten Spaß macht, sich überall zu verlieren *als ich unter dem gleichgültigen Himmel lief*, in einer Stadt, einer Einkaufspassage und, wie hier, im Text) fuhr Penner Zwei *ein dreckiges Päckchen aus Angst umklammert* mit seiner Geschichte fort, eine Geschichte, die, wie wir jetzt enthüllen können, ein hervorstechendes, merkwürdiges Merkmal besaß, sagen wir es ganz offen:

Sie hob in der Zweitsprache des Erzählers an, doch floß sie schon bald, *dans mes mains*, in der Muttersprache des Erzählers dahin, einer Sprache, die er in den vergangenen fünfundvierzig Jahren nicht allzuoft gesprochen hatte; allerdings muß hier erwähnt werden, daß Penner Zwei im Verlauf der Erzählung immer wieder *une étoile jaune* zur Zweitsprache überwechselte und manchmal sogar beide Sprachen gleichzeitig *tomba du Himmel und frappa meine Brust* verwendete.

Die Geschichte selbst war, wie gesagt, vielleicht vergessenswert, eine Geschichte von Überleben, Niederlage und Sieg, eine Geschichte voller Heroik und Schurkerei *et tous yeux wandten sich voller Scham ab*, eine Geschichte voll heroischen Umherstreifens, traurigen Abschieds und Wiederkehr, vermischt mit großartigen Szenen ungeheurer Einsicht…

Dann packten sie mich … Sie fragen sich, was als nächstes kommt, nicht wahr, liebe Leser? Wir auch *und sperrten mich dans une boîte*. Wir machen uns langsam Sorgen um die alten Kerle, vielleicht vergessen sie sogar diese Geschichte, die sie da angeblich erzählen.

Aber das ist reine Vermutung, wie wir schon gesagt haben. Aus welchen Elementen die Geschichte tatsächlich bestand, *rollten mich*, wissen wir nicht, das haben wir ja schon erklärt.

Wir drängen weiter *cent fois*. Doch bevor wir das tun, lassen Sie uns einen Augenblick innehalten, um die Geschichte wieder zusammenzukriegen, zusammenzufassen ... *Mein Leben begann in einem Schrank* ... um ein letztes Mal tief Luft zu holen ... *merde alors si on se répète*. Die beiden alten Kerle hocken ausgedörrten Hinterns (der Ausdruck gefällt Ihnen, da wetten wir, *in metaphorischer Schande über die Erde*, wir wetten, daß das wahrscheinlich alles sein wird, woran Sie sich von dieser Geschichte soweit erinnern) auf einer vorgeformten (nach wessen Formen?) Parkbank aus Plastik ... *tiens un banc! Qu'est-ce que ce banc peut bien foutre ici?* ... die ein örtlicher Bestattungsunternehmer aufgestellt hat, der diese Woche in seinem nagelneuen Columbarium einen Rabatt für Doppelbeerdigungen anbietet, *während sie sich gegenseitig mit Steinen bewarfen und alle Sterne in einem riesigen Ofen verbrannten.*

Der eine Alte erzählt dem anderen eine Geschichte, der dieser aus irgendeinem ungewöhnlichen Grund tatsächlich aufmerksam lauscht *et les voilà tous exterminés les pauvres diables*, ohne ihn zu unterbrechen. Wir glauben, die Geschichte ist ein literarisches Meisterwerk, doch ist sie für immer verschollen. Alles, was bleibt, *Jeden Tag kamen sie*, ist das Wissen, daß die Geschichte auf englisch begann und bald zu Französisch und sogar Franglösisch überging, *pour mettre leurs doigts in meinen Mund et dans mon cul*, auch wenn der Inhalt der Geschichte einen griechischen Anstrich mit einem Hauch von Jiddischkeit darin hatte, einen Ton von Ägäis und Naher Osten.

(Verzeihen Sie uns, aber wir haben einen solchen Spaß an diesen Ausführungen, Randbemerkungen, Ausfällen und Einfällen. Wir waren früher beim Militär, also ist das zweifellos unverzeihlich) ... *und malten mich schwarz und blau.*

Und schon bald, sehr bald, *mais à travers un trou*, brachte der Erzähler seine Geschichte entweder zu Ende oder war nicht mehr in der Lage, sie weiterzuspinnen, weil *Ich sah einen Baum in der Form eines feuille* er im Verlaufe der Erzählung keinerlei ermutigende Reaktion von seiner Zuhörerschaft erhalten hatte – so wie ein Priester darum bittet, daß jemand Zeugnis ablegt, *und eines Morgens flog ein Vogel in meinen Kopf*, möchte jemand Zeugnis ablegen? *Ah tu parles machin, ils sont tous morts les témoins*, um den *endgültige* letzten transzendierenden *Lösung* Sprung zu schaffen – er verlor sein Selbstvertrauen, ihm ging der Sprit aus –, können wir ebenfalls jemand bitten, Zeugnis abzulegen? –, und so beendete er die Geschichte in einem Atemzug...

> *Ich liebte diesen Vogel so sehr, daß ich, während mein blauäugiger Meister in die Sonne blickte und blind wurde, den Käfig öffnete und mein Herz dans une plume jaune verbarg...*

Penner Eins rutschte auf der Bank ein wenig nach vorn, um sich besser seinem Freund zuwenden zu können. Er war nachdenklich und verwirrt.

Ich habe diese Geschichte noch nie gehört, sagte er. In all den Jahren unserer Freundschaft nicht.

Penner Zwei, der sich nun wieder seiner Stiefsprache bediente, schien nicht überrascht. Natürlich nicht. Ich habe sie gerade aus dem Stegreif erfunden, erwiderte er, natürlich auf fundierten Beweisen ruhend, aber für diese Gelegenheit neu zusammengesetzt.

Hmm, meinte Eins, das hab' ich mir fast gedacht. Ich wollte ja auch nicht die Geschichte in Frage stellen, sondern die Art, wie du sie erzählt hast. Weißt du eigentlich, daß du mitten in der Erzählung in einer Sprache angefangen und in einer anderen aufgehört hast und daß du im Verlauf sogar beide Sprachen vermischt und sie gleichzeitig benutzt hast?

Wirklich? Ich habe Jiddisch mit Latino vermischt?

Also, ich weiß nicht, ob es sich um Jiddisch oder Latino oder Javanesisch handelte, aber nach dem, was ich gehört habe, klang es wie Jiddisch mit einem ukrainischen Unterton, aber das war ja nur das Vehikel. Was ich gehört habe, was ich wirklich gehört habe, waren Seelen, die Stimmen der Toten.

He, alles in Ordnung, Junge? fragte Zwei, macht dich diese Bank irgendwie morbid?

Ich sag' dir, ich hab' die Stimmen der Toten gehört, die Toten, die keine eigene Geschichte haben, die sie erzählen könnten. Sie sind unter uns.

He, also, das ist mir zuviel, sagte Penner Zwei und wandte sich kopfschüttelnd ab, das ist echt zuviel.

Und an dieser Stelle ließen sie die Geschichte fallen, und wir verlassen sie, die beiden ausgedörrten Penner, die da nebeneinander auf einer Parkbank sitzen. Nun wissen Sie, warum wir auf solch einen Widerstand stießen, als wir versuchten, diese Geschichte einer Geschichte in einer Geschichte zu erzählen. Wir bitten um Nachsicht.

Lotto

Jeden Samstagmorgen gehen die beiden Penner zum nahegelegenen Drugstore, um Lottoscheine auszufüllen. Das haben sie getan, seit die Lotterie in dem Bundesstaat, in dem sie leben, legalisiert worden ist, und sie werden wahrscheinlich damit fortfahren, bis sie entweder das große Los ziehen oder sterben oder die Lotterie wieder verboten wird (was immer als erstes eintrifft), auch wenn sie bisher noch nie gewonnen haben.

Jeder von ihnen füllt einen Schein aus und spielt stets dieselben sechs Zahlen. Die Zahlen von Penner Eins lauten: 5, 15, 19, 28, 42, 47. Die von Penner Zwei: 3, 7, 12, 27, 43, 54. Keiner von beiden kennt die geheime Bedeutung der Zahlen des anderen, hat den anderen auch nie danach gefragt (obwohl sie schon seit so vielen Jahren miteinander rumhängen, sie wissen schon gar nicht mehr genau, wie lang), das Geheimnis zu verraten, obwohl sie natürlich über die mögliche Bedeutung spekuliert haben.

Im stillen denkt Penner Zwei, daß die Zahlen von Penner Eins folgendes bedeuten: die 5 der Monat, in dem er geboren wurde, 15 der Tag in jenem Monat, 19 und 28 das Jahr seiner Geburt, 42 das Jahr traumatischer Ereignisse für seinen Freund, und 47 das Jahr der großen Veränderung in dessen Leben.

Auf ähnliche Weise hat Penner Eins darüber spekuliert, daß die 2 in der Zahlenreihe seines Freundes sich auf die beiden Frauen bezieht, die Penner Zwei gehabt hat, die 7 auf die Anzahl der Kinder, die Penner Zwei mit beiden Frauen gehabt hat, 12 die Anzahl der Jahre, die er mit der ersten Frau verheiratet gewesen ist, 27 die Gesamtzahl der Jahre, die Penner Zwei mit beiden Frauen verheiratet gewesen ist, 43 die Anzahl der Male, die er seinen beiden Frauen untreu war (obwohl sich Penner Eins da nicht sicher ist), und 54 die Anzahl der Jahre, die Penner Zwei mit oder ohne Frau an ein und demselben Ort gelebt hat.

Ein Dutzend Pennersprüche [Worte des Trostes, der Erbauung & des Rates]

1. Wenn dir jemand den Handrücken hinhält – nimm ihn.
2. Um die Bürde zu erleichtern, die jeder Mensch in den Zeiten erzwungener Einsamkeit zu tragen hat, wiederholen Sie folgenden Satz dreimal: *Solo, como el Esparrago.* Vergessen Sie während des Skandierens dieses Satzes voller Einsamkeit nicht, daß der Spargel zwar allein wächst, das ganze Feld aber in einem hübschen bläulichen Spätfrühlingsdunst liegt.
3. Die Weisheit rät uns, das Geschlecht lieber *danach* als *davor* zu bestimmen.
4. Die beste Reaktion auf Ärger ist Dankbarkeit.
5. Gib, bis es schmerzt. (Ein Spruch, der sich in allen anderen Sprachen außer Amerikanisch besser anhört.)
6. Zu verrotten heißt, auch leben. (Das Komma macht den Unterschied.)
7. Bleib immer mit dem Rücken zur Wand.
8. Der Mensch ist kein Engel und keine Bestie, doch wenn er versucht, ein Engel zu sein, wird er zur Bestie. (Weitere Erklärungen dazu finden sie unter *Engel* in dieser Sammlung.)
9. Arbeit macht frei. (Nur auf Deutsch ergibt dieser Spruch irgendeinen Sinn.)
10. Die Quelle des Ärgers ist nicht der Ärger, ebensowenig wie der Schlüssel zum Schatz der Schatz ist. (Wer immer das gesagt hat, hat nur Scheiße im Hirn.)
11. Wir verlassen unser Heim voller Freude und kehren voller Trauer zurück. (Die Penner sind nicht allein verantwortlich für diesen Satz.)

12. Wenn Sie einen ( ) haben, seien Sie froh. Wenn Sie keinen ( ) haben, verzweifeln Sie nicht. Schon bald werden auch Sie einen ( ) haben.

Ein Rat an Alte Männer

Folgende Aussage fiel am Veteran's Day im Altenheim Amberleigh, als die Penner eingeladen waren, vor den versammelten männlichen Bewohnern zu sprechen:
Schauen Sie junge Frauen auf eine ganz bestimmte Art an, nämlich so, wie Sie junge Frauen angeschaut haben, als Sie selbst jung waren: Mit offenem entschlossenen Verlangen und der einzigen, allumfassenden Frage, was Sie tun können, um Ihr Selbst oder das, was davon übriggeblieben ist, zwischen ihr Selbst zu kriegen.

Der Lügner

Penner Eins erzählt seinem Freund unter Hinzuziehung aller passenden Gesten und Gesichtsausdrücke die heroischen Taten, die er im Krieg vollbracht hat – im Großen Krieg.

Penner Zwei unterbricht ihn und sagt: Du lügst mir was vor. Das hast du doch alles nie getan.

Penner Eins ist über die Unterbrechung sichtlich erzürnt: Ich weiß, ich weiß, aber hör mir trotzdem zu.

•

Harndrang

Uns ist gesagt worden, daß Alte Männer, die sich mit ihrer Sterblichkeit konfrontiert sehen, oft im Geiste (oder sogar schriftlich) die großen Momente in ihrem Leben durchspielen. Oder sie legen Listen der Dinge an, die ihnen besondere Freude bereitet haben, zum Beispiel lieben, gut essen, teure französische Weine verkosten, Fallschirmspringen, ein gutes Buch lesen (vor allen Dingen, wenn sie es selbst geschrieben haben), Musik hören (Klassik, Jazz, Gospel, Hiphop, Oper, Deltas-Blues, Heavy Metal), sich den Rücken kratzen lassen, eine Ganzkörpermassage, ein Golfspiel unter Par beenden, mit den Enkelkindern Karten spielen und natürlich gewinnen, mit den letzten Resten an Verlangen die tollen Körper der Frauen ihrer Söhne begaffen, sich den Wunsch erlauben, die Feinde zu überleben (und auch die Freunde – um ehrlich zu sein), *and so on.*

Uns ist ebenfalls erzählt worden, daß Alte Männer (und in letzter Zeit auch immer mehr Frauen), die sich mit ihrer Sterblichkeit konfrontiert sehen, sich manchmal ernstlich und zum ersten Mal überlegen, eine letzte Tat zu vollbringen, irgend etwas Ungeheuerliches, das sie schon immer hatten tun wollen, wozu sie aber nie den Mut aufbrachten.

Und so fragte eines Tages Penner Eins den Penner Zwei (wer wer ist, muß hier nicht genau bestimmt werden, Alter ist ein allgemeiner Zustand): Bevor du stirbst, was möchtest du tun, was du noch nie zuvor getan hast?

Woraufhin Penner Zwei, ohne einen Augenblick zu zögern, erwidert: Ich möchte gern mit blankem Hintern über die Champs Elysées laufen und in aller Öffentlichkeit urinieren, direkt vor den Leuten, die in einem Straßencafé sitzen. Penner Zwei verstummt, das Gesicht zu einer Miene verzerrt, die als Lächeln durchgehen könnte, und fragt dann seinen Freund: Und du?

Der Freund zuckt mit den Schultern, was als Unentschlossenheit gedeutet werden könnte, vielleicht aber hat ihn auch der letzte Wunsch seines Freundes auf besondere Weise berührt, der eine Wunsch, von dem er weiß, daß er seinem Freund niemals erfüllt werden wird. Dann hockt er sich mitten in Berlin, der Stadt ohne nennenswerte Geschichte, im Storkwinkel an den Straßenrand.

Auch Penner Zwei schaut besorgt. Mein Wunsch, sagt er bedächtig und hockt sich neben seinen Freund an den Straßenrand, hat dich bekümmert, hat dich verletzt. Es tut mir so leid. Ich wollte dich nicht beleidigen, wenigstens nicht heute.

Penner Eins schweigt eine Weile, dann schaut er über die breite Straße zu den imposanten Bauhausfassaden hinüber und sagt: Das ist ein wunderbarer Wunsch, ich weiß genau, was du meinst. Du möchtest gern die Uhr zurückdrehen bis zu jenem Sonntag morgen im Juli 1942. Deine Mama hat dich zur Bäckerei geschickt, und du kommst mit einem großen Laib Brot, fast so groß wie du selbst, zur Wohnung zurück. Du steigst die Stufen in den zweiten Stock hinauf und hörst deine Schwestern lachen (oder jammern sie?), deine Mutter schreit deinen Vater an, diesen nichtsnutzigen Penner, der es nie zu was bringen wird, und du beeilst dich ein wenig, damit du nichts verpaßt.

Penner Zwei umarmt seinen Freund und sagt: Das hast du alles aus einem simpeln Urinieren herausgelesen, das noch gar nicht stattgefunden hat.

Penner Eins schaut seinen Freund an. Sie können dich nicht um noch mehr bitten, sagt er, aber sie tun es.

Penner Zwei hebt seinen alten Freund hoch. Na komm, sagt er und sucht in seinen Taschen nach den Reiseschecks, laß uns ins KaDeWe und unseren Frauen was Teures kaufen.

Ein weiteres Dutzend Pennersprüche

1. Selbst wenn man ans Ende der Straße gekommen ist, kommt Umkehr nicht in Frage.
2. Suppe kommt nie als letzter Gang.
3. Ruhm und Geld verdienen einander. (Diesen Spruch haben die Penner bei François de La Rochefoucault geklaut.)
4. Nach der letzten Meile kommt immer noch ein Schritt, vielleicht auch zwei.
5. Falsche Bedingungen sorgen nicht notwendigerweise für falsche Beziehungen. (An diese Regel glauben die Penner und leben nach ihr.)
6. Die Tauben sagen, sie würden besser hören, aber wer soll ihnen das glauben?
7. Die beste Wurst, das beste Bier, der beste Platz im Lokal, das erzählen sie einem immer.
8. Benutzen Sie keine Hygieneartikel, die verbessert worden sind. Das Etikett ist ein Schwindel. Drin ist derselbe alte Scheiß.
9. Reisen kommt gleich nach nirgendwo hingehen.
10. Wenn's hart auf hart kommt, laß es bleiben.
11. Wir werden alle als Penner geboren, aber nur wenige bleiben es auch.
12. Penner sind vielleicht Arschlöcher, aber nicht alle Arschlöcher können Penner sein.

Felo de se

Die Penner haben sich entschlossen, Selbstmord zu begehen. Sie sind in eine existentielle Sackgasse geraten. Sie haben die Schnauze voll vom Leben. Sind zu Tode gelangweilt. Auf dieser Welt gibt es nichts mehr für sie zu tun. Sie haben alles gemacht: sind auf allen Kontinenten gereist (inklusive des Nord- und Südpols), haben Hunderte von Frauen aller Rassen geliebt (darunter natürlich auch ihre Frauen), Bücher geschrieben (einige davon sind veröffentlicht worden, wenn auch die meisten vergriffen sind, andere nie veröffentlicht, aber das zählt nicht), sind an Fallschirmen aus Flugzeugen gesprungen, haben die höchsten Berge dieser Erde bestiegen, haben in Übersee in Kriegen gekämpft, in den tollsten Spielcasinos Europas gespielt, ja, sie haben alles gemacht, und nun ist ihnen langweilig, und das Leben hängt ihnen zum Halse raus. Selbst der Spaß, den monatlichen Rentenscheck zu erhalten, ist verlorengegangen. Das war's. Sie wollen raus hier.

Sie müssen wissen, die Penner haben Erfahrung darin, Selbstmord zu begehen – nun ja, Selbstmord *manqué*. Wir wissen von mindestens vier Versuchen, die gescheitert sind. Doch diesmal meinen die Penner es ernst. Sie werden nicht scheitern. Sie haben einen Selbstmordpakt geschlossen, gemeinsam abzutreten, haben sogar den Abschiedsbrief auf ein großes Stück Karton geschrieben – drei Worte, die alles sagen: *Tut uns leid.*

Erst warfen sie eine Münze, um festzulegen, wer als erster den Abgang macht. Penner Eins hat gewonnen (oder sollten wir besser sagen, verloren?). Die Alten Kerle haben sich zu diesem Vorgehen entschlossen, damit zumindest der Tod des einen vom anderen festgestellt werden kann, was natürlich heißt, daß der Tod von Penner Zwei unbestätigt bleibt, bis man seine Leiche neben der seines Freundes findet.

Und nun ist es Zeit zu handeln. Penner Eins will gerade das Gift schlucken (dafür hatten sie sich entschieden, nachdem sie andere Selbsttötungsarten abgelehnt hatten, da sie meist zu schmutzig sind), das sie in einem feingravierten Kristallglas mit Rotwein gemischt haben (zu diesem Anlaß haben die Penner einen 1959er Morgon Grand Cru ausgewählt – die Penner sind große Weinkenner), als er plötzlich zögert, das Glas weiter an den Mund zu führen. He, fragt er seinen Freund, woher weiß ich, daß du mir folgst, wenn ich das Zeugs getrunken habe und tot bin?

Gute Frage, antwortet Penner Zwei, sehr gute Frage. Wie du weißt, bin ich meistens ein ziemlicher Feigling.

Penner Eins stellt das Glas auf dem Tisch ab, reibt sich eine Weile das Kinn und sagt dann: Hör mal, warum suchen wir uns nicht eine gerechtere Art, uns umzubringen?

In Ordnung, erwidert Penner Zwei.

Und wieder einmal haben die Penner ihren Tod verschoben. Und nachdem sie lang und breit über die Frage diskutiert haben, kommen sie zu dem Schluß, daß es doch nur eine Form der Selbsttäuschung ist, seinem Leben ein Ende zu machen. Denn das eigene Leben, das eigene Werk unvollendet zu lassen, beinhaltet doch die Möglichkeit seines Erfolgs. Was ungelebt, unerzählt geblieben ist, enthält vielleicht die mögliche Wahrheit, nach der man immer gesucht hat, und jene, die sich umbringen, tun dies in der Überzeugung, daß sie diese Wahrheit schließlich gefunden hätten, wenn sie bis zum eigentlichen Ende weitergelebt hätten. Sie sterben in der illusorischen Hoffnung, die auf andere Weise alle anderen am Leben erhält.

Nächtliche Panik

In ihrer Panik, die Panik des zum Leben gehörenden Älterwerdens zu unterbinden, die sie austrickste, um nicht länger die schwächer werdenden Schläge ihrer Herzen hören zu müssen, griffen die Penner letzte Nacht aus Verzweiflung nach dem Manuskript, das in ihrem Schreibtisch lag (eine alte Strategie, eine zuverlässige Ablenkung von der Schlaflosigkeit), und begannen ohne Bedauern alle überflüssigen Bestandteile der Geschichte nacheinander zu eliminieren. Dann fuhren sie fort und hängten die symbolischen Lithographien ab, die an den Wänden ihrer Sätze hingen, danach löschten sie die innere Leidenschaft des Textes aus, von dem sie glaubten, daß er ihnen Ruhm (und vielleicht auch Reichtümer) einbrächte, und schließlich suchten und zerstörten sie in der tiefsten Nacht, ganz die glücklichen Soldaten auf geheimer Mission, alles, was von dem Manuskript noch übriggeblieben war. Bis sie ganz unvermutet von der Erkenntnis überfallen wurden, was sie da getan hatten, und sie erstarrten im ersten Schein des Morgenlichts an ihrem Schreibtisch und waren erschüttert über ihre Kollaboration, ihren Verrat, ihre Komplizenschaft mit der schwarzen Spinne der Dunkelheit, der schwarzen Arachnida endlosen Scharmützels.

Letzte Klärung

Die Penner grübeln:

Es ist wichtig, niemals zu vergessen, in welchem Schlammpfuhl die Menschheit unter Schmerzen watet.

Die Penner grübeln weiter:

Die Menschheit im Zeitalter des multiplen Wahnsinns, zusammengepreßt wie die Falten eines Akkordeons, entdeckt zu Beginn der ewigen Wiederkehr die Langeweile der Wiederholung neu.

Die Penner schütteln die Köpfe:

Die Menschheit leidet an der Krankheit des Seins, weil Leben nur die krampfhafte Fotokopie des Todes ist. Man versucht dies dadurch zu heilen, indem man so tut, als befreie man die Menschheit vom Sein und das Leben vom Tod, doch nichts ist langweiliger als die Gesundheit.

Die Penner zucken mit den Schultern:

Die Göttliche Komödie des Lebens kann nicht länger als zukünftige Projektion der letzten gemeinsamen Begleichung der Konten verstanden werden.

Die Penner stützen die Köpfe zwischen den Händen:

Die Menschheit, die ziellos und in endlosen Rundfahrten auf

irgend etwas zu und von irgend etwas weg reist, das nichts mehr mit dem Leben zu tun hat, verbreitet überall ihren paläobiologischen Schmerz.

Die Penner weinen:

Dieses nichtendenwollende Ausbluten des Lebens zum Tode hin erweckt den Eindruck von Leben, dabei handelt es sich in Wahrheit bereits um Tod.

Die Penner werfen sich zu Boden:

Man muß nur soviel Skepsis aufbringen wie möglich, während die Menschheit zwischen Leben und Tod oszilliert.

Die Penner stehen auf und trocknen sich die Tränen:

All dies ist keine Evolution auf eine Heilung hin, sondern hin zu noch mehr Leid und Schmerz.

Die Penner recken die Arme gen Himmel:

Die kranke Menschheit muß sich dazu zwingen, wieder in den immerkehrenden Kreislauf ihrer unheilbaren Krankheit einzutreten, aber nicht, indem sie das Letzte Gericht am Ende der Zivilisation herbeifleht, sondern indem sie das Ende der Zivilisation akzeptiert.

Die Penner schlagen mit den Köpfen gegen die Wand:

Das Letzte Gericht tagt in Permanenz und tut dabei so, als urteile es aus Neutralität überhaupt nicht. Daher nennt man es auch Korruption.

Die Penner schaben mit den Fingernägeln an der Wand:

Die Notwendigkeit, die Apokalypse zu postulieren, ist bereits die Apokalypse selbst, denn diese Postulierung geht für immer und ewig so weiter.

Die Penner schließen traurig:

Die Zeit der Klärung ist gekommen, wir alle sind lebende Leichen, die voneinander nur durch das kleine Stückchen Land getrennt sind, das für uns auf dem großen Friedhof des Universums reserviert ist.

Die Penner brechen in Gelächter aus!

Die Penner lachen

!! !! !! !! !! !! !! !! !! !! !! !! !! !! !! !! !! !!
!!
♣♣♣♣♣♣♣♣♣♣♣♣♣♣♣♣♣♣♣
!! !! !! !! !! !! !! !! !! !! !! !! !! !! !! !! !! !! !!
Bum One: hahahahahahahahahaha
Bum One: hahahahahahahahahaha
Bum One: hahahahahahahahahaha
Bum One: hahahahahahahahahah
Bum One: hahahahahah OHO
Bum One: hahahahahahahahah
Bum One: hahahahahahahahahahah
Bum One: hahahahahahahahahahahah
Bum One: hahahahahahahahahahahahah
Bum One: hahahahahahahahahahahahahahh
Bum One: hahahahahahahahahahahahahahah
Bum One: hahahahahahahahahahahahahahahah
Bum One: hahahahahahaahaahahahaha
Bum One: hahahahahahahahahahahaha
Bum One: hahahahahahahah$_{aaaaaaa}$
Bum One: hahahahahahahah^{aaaaaaa}
Bum One: hahahahahahahahahahahaha
Bum One: hahahahahahahahahahahaha
Bum One: hahahahahahahahahahahah
Bum One: hahahahahahahahahahaha
Bum One: hahahahah
Bum One: hahahahah
Bum One: hahahahah
Bum One: hahahaha

♦♦♦♦♦♦♦♦♦♦♦♦♦♦♦→
♦♦♦♦♦♦♦♦♦♦♦♦♦♦♦⟶
♦♦♦♦♦♦♦♦♦♦♦♦♦♦♦⟶
Bum Two: hahahahahahahahahaha
Bum Two: hahahahahahahahahaha
Bum Two: hahahahahahahahahaha
Bum Two: hahahahahahahahahah
Bum Two: hahahahahah OHO
Bum Two: hahahahahahahahaha
Bum Two: hahahahahahahahahahahaha
Bum Two: hahahahahahahahahahahahahaha
Bum Two: hahahahahahahahahahahahahahahaha
Bum Two: hahahahahahahahahahahahahahahahaha
Bum Two: hahahahahahahahahahahahahahahahahaha
Bum Two: hahahahahahahahahahahahahahahahahah
Bum Two: hahahahahahahahahahahaha
Bum Two: hahahahahahahahahahahaha
Bum Two: hahahahahahahah a a a a a
Bum Two: hahahahahahahah
a a a a a
Bum Two: hahahahahahahahahahahaha
Bum Two: hahahahahahahahahahahahah
Bum Two: hahahahahahahahahahahahaha
Bum Two: hahahahahahahahahahahahahah
Bum Two: hahahaha
Bum Two: hahahaha
Bum Two: hahahaha
Bum Two: hahahaha
Bum Two: hahahaha

Unseren Geneigten Lesern

Während wir hinter der astralen Unverständlichkeit des Penner-Raps herumzappeln, erklären wir hier steif und fest (wenigstens für die Dauer dieser Erklärung), daß das Objekt, das vor Ihren Augen, Geneigte Leser, vorbeigezogen ist und schließlich unsichtbar wurde, sozusagen das strahlendste und beste aller solcher Objekte war, weil das, was Sie erlebten, nicht nur die Wörter allein waren, sondern auch die Leerräume zwischen den Wörtern und um die Wörter herum. Sie sahen also gleichzeitig Intervalle von Schwarz und Weiß ebenso wie Intervalle von Klang und Stille. Und diese Matrix stimmloser Laute, diese unaussprechliche Flugbahn war es, die die Penner ihrer Dämmerung entgegentrug, während sie ihrem Exitus aus diesem Wirrwarr der Sprache entgegenhasteten und stürzten. Ende der Mitteilung. Wir danken für Ihre Aufmerksamkeit.

Deutschsprachige Literatur in der edition suhrkamp: Prosa

Aebli, Kurt: Küss mich einmal ordentlich. Prosa. es 1618
- Mein Arkadien. Prosa. es 1885

Batberger, Reinhold: Drei Elephanten. es 1459

Becker, Jürgen: Ränder. es 351
- Umgebungen. es 722

Beyse, Jochen: Bar Dom. Erzählungen. es 1930
- Ultraviolett. Erzählung. es 1603

Bleisch, Norbert: Viertes Deutschland. Erzählung. es 1719

Böni, Franz: Alvier. Erzählungen. Mit einem Nachwort von Samuel Moser. es 1146
- Hospiz. Erzählung. es 1004
- Der Johanniterlauf. Fragment. es 1198

Braun, Volker: Berichte von Hinze und Kunze. es 1169
- Es genügt nicht die einfache Wahrheit. Notate. es 799

Brecht, Bertolt: Die Geschäfte des Herrn Julius Caesar. Romanfragment. es 332
- Prosa. Bd. 3. es 184

Buch, Hans Christoph: An alle! Reden, Essays und Briefe zur Lage der Nation. es 1935
- Die neue Weltordnung. Bosnien, Burundi, Haiti, Kuba, Liberia, Ruanda, Tschetschenien. es 1990

Cavelty, Gion Mathias: Quifezit oder Eine Reise im Geigenkoffer. es 2001

Dischereit, Esther: Joëmis Tisch. Eine jüdische Geschichte. es 1492

Döring, Bianca: Ein Flamingo, eine Wüste. Erzählung. es 1588
- Schnee und Niemand. Prosa. es 1779

Drawert, Kurt: Haus ohne Menschen. Zeitmitschriften. es 1831
- Spiegelland. Ein deutscher Monolog. es 1715

Enzensberger, Hans Magnus: Deutschland, Deutschland unter anderm. Äußerungen zur Politik. es 3313
- Der Weg ins Freie. Fünf Lebensläufe, überliefert von Hans Magnus Enzensberger. es 759

Erste Einsichten. Jüngste Prosa aus der Bundesrepublik. Herausgegeben von Christian Döring und Hajo Steinert. es 1592

Franzobel: Die Krautflut. Erzählung. Mit einem Nachwort von Thomas Eder. es 1987

Fritsch, Werner: Steinbruch. es 1554

Goetz, Rainald: Kronos. Berichte. es 1795

300/1/12.96

Deutschsprachige Literatur
in der edition suhrkamp:
Prosa

Grill, Evelyn: Wilma. Erzählung. es 1890
Gruenter, Undine: Epiphanien, abgeblendet. 56 Prosastücke. es 1870
Gstrein, Norbert: Anderntags. Erzählung. es 1625
– Einer. Erzählung. es 1483
Hänny, Reto: Ruch. Ein Bericht. es 1295
– Zürich, Anfang September. es 1079
Hensel, Kerstin: Im Schlauch. Erzählung. es 1815
Hesse, Hermann: Tractat vom Steppenwolf. Nachwort von Beda Allemann. es 84
Hettche, Thomas: Inkubation. es 1787
Jansen, Johannes: Heimat. Abgang. Mehr geht nicht. Ansätze. es 1932
– Reisswolf. Aufzeichnungen. es 1693
– Splittergraben. Aufzeichnungen II. es 1873
Johnson, Uwe: Ingrid Babendererde. Reifeprüfung 1953. Mit einem Nachwort von Siegfried Unseld. es 1817
– Jahrestage. Aus dem Leben der Gesine Cresspahl. Band 1. es 1822
– Jahrestage. Aus dem Leben der Gesine Cresspahl. Band 2. es 1823
– Jahrestage. Aus dem Leben der Gesine Cresspahl. Band 3. es 1824
– Jahrestage. Aus dem Leben der Gesine Cresspahl. Band 4. es 1825
– Mutmassungen über Jakob. Roman. es 1818
– Porträts und Erinnerungen. Herausgegeben von Eberhard Fahlke. es 1499
– Versuch, einen Vater zu finden. Marthas Ferien. Tonkassette mit Textheft. Mit einem editorischen Bericht von Norbert Mecklenburg. es 1416
Kirchhoff, Bodo: Body-Building. Erzählung, Schauspiel, Essay. es 1005
– Legenden um den eigenen Körper. Frankfurter Poetikvorlesungen. es 1944
Klix, Bettina: Sehen Sprechen Gehen. Prosa. es 1566
Kluge, Alexander: Gelegenheitsarbeit einer Sklavin. Zur realistischen Methode. es 733
– Schlachtbeschreibung. Roman. es 1193
Koeppen, Wolfgang: Morgenrot. es 1454
Krechel, Ursula: Mit dem Körper des Vaters spielen. Essays. es 1716
Küchler, Sabine: In meinem letzten Leben war ich die Callas. es 1799
Laederach, Jürg: Eccentric. Kommentare. es 1928
– Schattenmänner. Erzählungen. es 1929
– Vor Schrecken starr. Fixierungen, Stechblicke, Obsessionen. es 1503

300/2/12.96

Deutschsprachige Literatur in der edition suhrkamp: Prosa

Laederach, Jürg: Der zweite Sinn oder Unsentimentale Reise durch ein Feld Literatur. es 1455
Leutenegger, Gertrud: Das verlorene Monument. es 1315
Maeffert, Uwe: Bruchstellen. Eine Prozeßgeschichte. es 1387
Mattenklott, Gert: Blindgänger. Physiognomische Essays. es 1343
– Umschreibungen. Das Hier und Jetzt in den Künsten. es 1887
Mayröcker, Friederike: Magische Blätter. es 1202
– Magische Blätter II. es 1421
– Magische Blätter III. es 1646
– Magische Blätter IV. es 1954
Meinecke, Thomas: The Church of John F. Kennedy. Roman. es 1997
Middendorf, Klaus: Wer ist Patrick? Oder: Das Tagebuch. Roman. es 1701
Morshäuser, Bodo: Hauptsache Deutsch. es 1626
– Revolver. Vier Erzählungen. es 1465
– Warten auf den Führer. es 1879
Muschg, Adolf: Herr, was fehlt Euch? Zusprüche und Nachreden aus dem Sprechzimmer des heiligen Grals. es 1900
Ein Pronomen ist verhaftet worden. Die frühen Jahre in Rumänien - Texte der Aktionsgruppe Banat. Herausgegeben von Ernest Wichner. es 1671
Rabinovici, Doron: Papirnik. Stories. es 1889
Rakusa, Ilma: Steppe. Eine Erzählung. es 1634
Rosenlöcher, Thomas: Die verkauften Pflastersteine. Dresdener Tagebuch. es 1635
– Die Wiederentdeckung des Gehens beim Wandern. Harzreise. es 1685
Roth, Patrick: Die Wachsamen. Drei Monodramen. es 1614
Runge, Erika: Frauen. Versuche zur Emanzipation. es 3316
Schleef, Einar: Die Bande. Erzählungen. es 1127
Schöne Aussichten. Neue Prosa aus der DDR. Herausgegeben von Christian Döring und Hajo Steinert. es 1593
Split: Apfelsinen im Hals. Geschichten. es 1558
Stauch, Wolfgang: Eine schlechte Geschichte. es 1712
Struck, Karin: Kindheits Ende. Journal einer Krise. es 1123
– Klassenliebe. Roman. es 629
Thank You Good Night. Herausgegeben von Bodo Morshäuser. Alle Fotos: Michael Strauss. es 1227
Vogl, Walter: Hassler. Frequenzritte eines Straßenkehrers. es 1182

300/3/12.96

Deutschsprachige Literatur
in der edition suhrkamp:
Prosa

Von nun an. Neue deutsche Erzähler. Herausgegeben von Hans-Ulrich Müller-Schwefe. es 1003
Walser, Martin: Eiche und Angora. Eine deutsche Chronik. es 16
– Die Gallistl'sche Krankheit. Roman. es 689
– Geständnis auf Raten. es 1374
Weiss, Peter: Abschied von den Eltern. Erzählung. es 85
– Die Ästhetik des Widerstands. Roman. es 1501
– Fluchtpunkt. Roman. es 125
– Das Gespräch der drei Gehenden. es 3302
– Notizbücher 1960-1971. 2 Bde. es 1135
– Rekonvaleszenz. es 1710
– Der Schatten des Körpers des Kutschers. es 53
Sinclair (P. Weiss): Der Fremde. Erzählung. es 1007
Winkler, Josef: Die Verschleppung. Njetotschka Iljaschenko erzählt ihre russische Kindheit. es 1177

300/4/12.96

Deutschsprachige Literatur in der edition suhrkamp: Drama

Bernhard, Thomas: Der deutsche Mittagstisch. Dramolette. Mit zahlreichen Abbildungen. es 1480
– Ein Fest für Boris. es 3318
Brasch, Thomas: Frauen. Krieg. Lustspiel. es 1469
– Lovely Rita. Rotter. Lieber Georg. Drei Stücke. es 1562
Braun, Volker: Böhmen am Meer. Ein Stück. es 1784
– Gesammelte Stücke. 2 Bde. es 1478
Brecht, Bertolt: Der aufhaltsame Aufstieg des Arturo Ui. es 144
– Aufstieg und Fall der Stadt Mahagonny. Oper. es 21
– Baal. Drei Fassungen. Kritisch ediert und kommentiert von Dieter Schmidt. es 170
– Baal. Der böse Baal der asoziale. Texte, Varianten, Materialien. Kritisch ediert und kommentiert von Dieter Schmidt. es 248
– Das Badener Lehrstück vom Einverständnis. Die Rundköpfe und die Spitzköpfe. Die Ausnahme und die Regel. Drei Lehrstücke. es 817
– Biberpelz und roter Hahn. Bearbeitung zweier Stücke von Gerhart Hauptmann. es 634
– Furcht und Elend des Dritten Reiches. es 392
– Die Gewehre der Frau Carrar. es 219
– Der gute Mensch von Sezuan. Parabelstück. es 73
– Die heilige Johanna der Schlachthöfe. es 113
– Herr Puntila und sein Knecht Matti. Volksstück. es 105
– Der Jasager und Der Neinsager. Vorlagen, Fassungen, Materialien. Herausgegeben und mit einem Nachwort versehen von Peter Szondi. es 171
– Der kaukasische Kreidekreis. es 31
– Leben des Galilei. Schauspiel. es 1
– Leben Eduards des Zweiten von England. Vorlage, Texte und Materialien. Ediert von Reinhold Grimm. es 245
– Mann ist Mann. Die Verwandlung des Packers Galy Gay in den Militärbaracken von Kilkoa im Jahre neunzehnhundertfünfundzwanzig. Lustspiel. es 259
– Die Maßnahme. Kritische Ausgabe mit einer Spielanleitung von Reiner Steinweg. es 415
– Die Mutter. es 200
– Mutter Courage und ihre Kinder. Eine Chronik aus dem Dreißigjährigen Krieg. es 49

301/1/12.96

Deutschsprachige Literatur in der edition suhrkamp: Drama

Brecht: Der Ozeanflug. Die Horatier und die Kuriatier. Die Maßnahme. es 222
– Die Rundköpfe und die Spitzköpfe. Bühnenfassung, Einzelszenen, Varianten. Herausgegeben von Gisela E. Bahr. es 605
– Schweyk im zweiten Weltkrieg. es 132
– Stücke. Bearbeitungen. Bd. 1. es 788
– Stücke. Bearbeitungen. Bd. 2. es 789
– Die Tage der Commune. es 169
– Trommeln in der Nacht. Komödie. es 490
– Der Untergang des Egoisten Johann Fatzer. Bühnenfassung von Heiner Müller. es 1830 und es 3332
– Das Verhör des Lukullus. Hörspiel. es 740
Dorst, Tankred: Toller. es 294
Drawert, Kurt: Alles ist einfach. Stück in sieben Szenen. es 1951
Franzobel: Das Beuschelgeflecht. Bibapoh. Zwei Stücke. es 1995
Frisch, Max: Biedermann und die Brandstifter. Ein Lehrstück ohne Lehre. Mit einem Nachspiel. es 41
– Die Chinesische Mauer. Eine Farce. es 65
– Don Juan oder Die Liebe zur Geometrie. Komödie in fünf Akten. es 4
– Frühe Stücke. Santa Cruz. Nun singen sie wieder. es 154
– Graf Öderland. Eine Moritat in zwölf Bildern. es 32
Fritsch, Werner: Fleischwolf. Ein Gefecht. Ein Stück. es 1650
Goetz, Rainald: Festung. Stücke. es 1793
Handke, Peter: Kaspar. es 322
– Publikumsbeschimpfung und andere Sprechstücke. es 177 und es 3312
– Der Ritt über den Bodensee. es 509
– Wind und Meer. Vier Hörspiele. es 431
Hodjak, Franz: Franz, Geschichtensammler. Ein Monodrama. es 1698
Kipphardt, Heinar: In der Sache J. Robert Oppenheimer. Ein szenischer Bericht. es 64
Leutenegger, Gertrud: Lebewohl, Gute Reise. Ein dramatisches Poem. es 1001
Plenzdorf, Ulrich: Zeit der Wölfe. Ein Tag, länger als das Leben. Zwei Stücke. es 1638
Rakusa, Ilma: Jim. Sieben Dramolette. es 1880
Roth, Friederike: Die einzige Geschichte. Theaterstück. es 1368
Roth, Friederike: Das Ganze ein Stück. Theaterstück. es 1399
– Krötenbrunnen. Ein Stück. es 1319

301/2/12.96

Deutschsprachige Literatur
in der edition suhrkamp:
Drama

Roth, Patrick: Die Wachsamen. Drei Monodramen. es 1614

Walser, Martin: Ein fliehendes Pferd. Theaterstück. Mitarbeit Ulrich Khuon. es 1383

– Ein Kinderspiel. Stück in zwei Akten. es 400

Weiss, Peter: Die Ermittlung. Oratorium in 11 Gesängen. es 616

– Stücke I. Der Turm. Die Versicherung. Nacht mit Gästen. Mockinpott. Marat/Sade. Die Ermittlung. es 833

– Stücke II. 2 Bde. Gesang vom Lusitanischen Popanz. Viet Nam Diskurs. Hölderlin. Trotzki im Exil. Der Prozeß. es 910

– Die Verfolgung und Ermordung Jean Paul Marats, dargestellt durch die Schauspielgruppe des Hospizes zu Charenton unter Anleitung des Herrn de Sade. Drama in zwei Akten. es 68

301/3/12.96